湘土吟律

杨旭玉 ◎ 著

陕西新华出版

太白文艺出版社·西安

图书在版编目（CIP）数据

湘土吟律 / 杨旭玉著 . -- 西安 : 太白文艺出版社，
2025. 5. -- ISBN 978-7-5513-2983-5

Ⅰ . I227.7

中国国家版本馆 CIP 数据核字第 2025L8R537 号

湘土吟律

XIANGTU YIN LÜ

作　　者	杨旭玉
责任编辑	熊　菁
装帧设计	青年作家网
出版发行	太白文艺出版社
经　　销	新华书店
印　　刷	三河市华东印刷有限公司
开　　本	787mm×1092mm　1/16
字　　数	159 千
印　　张	16.25
版　　次	2025 年 5 月第 1 版
印　　次	2025 年 5 月第 1 次印刷
书　　号	ISBN 978-7-5513-2983-5
定　　价	88.00 元

诗心如玉　情韵悠长

叶建华

湘楚大地，人文荟萃；五溪故郡，俊才辈出。

在浩渺无垠、汹涌澎湃的诗歌长河中，每一位诗人都是独特的摆渡者，以笔为桨，认墨作舟，划出属于自己的轨迹。杨旭玉先生，来自湖南怀化的教师与诗人，正是这样一位执着而深情的摆渡者。他的新作《湘土吟律》宛如一泓清泉，在诗歌长河里激荡出动人的曲调与别样的情韵。

应青年作家网总编汪家弘先生之邀，我有幸走进了杨旭玉先生的诗歌世界。杨旭玉先生在诗歌创作的道路上已然硕果累累，此前出版的《湘土文心——高中语文老师下水文集锦》《湘土琢玉》早已彰显其深厚的文学功底与独特的创作风格。如今面前的这本《湘土吟律》，更是为我们呈现了一幅湖湘大地诗意画卷。我感受到了他那颗如美玉般晶莹的诗心和他的诗卷里散发出的悠长情韵。

杨旭玉先生坚持以平水韵创作七律，以工整的格律、规范的用词，展现了传统律诗的魅力。历史典故的融入、拗救手法的运用，透露出其深厚的学养。更为可贵的是，他始终坚守着真情创作的原则。在人工智能也能写诗的今天，我们常常看到一些看似工整却缺乏情感的诗。而杨旭玉先生的诗作，却始终流淌着真挚的情感，那是对家乡的眷恋，对亲人的思念，对自然的热爱，对知识的渴求……这些情感如清泉般滋润着读者的心灵，让我们感受到了诗歌的真正价值。

《湘土吟律》是一部记录时代、记录人生的律诗作品集。它以湖湘大

1

地为底色，以诗人的情感为纽带，将自然、亲情、文化等诸多元素融合在一起，为我们呈现了一个丰富多彩的世界。

杨旭玉先生的坚守与创作，在年轻诗人中殊不多见。这份"衣带渐宽终不悔，为伊消得人憔悴"的执着值得我们学习。在科技飞速发展的今天，我们不应忘记人类情感与诗意传递的价值。诗歌，不仅是一种文学形式，还是一种情感的表达，一种心灵的寄托。杨旭玉先生用他的笔，为我们描绘了一个充满诗意的世界，让我们在这个快节奏的时代，能够停下脚步，感受生活的美好。杨旭玉先生策划的"湘土诗词三部曲"中，《湘土琢玉》与《湘土吟律》已出版，《湘土倚声》已待梓。他对传统文化的信仰、坚守与弘扬，的确让人感佩。

愿《湘土吟律》能够得到更多读者的喜爱，愿杨旭玉先生的诗歌创作之路越走越宽广，愿我们都能在诗歌的世界中找到属于自己的心灵家园。同时，也期待《湘土吟律》能够成为广大读者心中的永恒之歌，传唱不息。

是以为序。

叶建华，中国作家协会会员、中国化工作家协会报告文学委员会主任、中华诗词学会会员、中国东方文化研究会榜书文化专业委员会顾问，《信息早报》社原党委书记、总编辑。

目 录

山水清发

酷暑游芷江县三道坑

酷暑冰凉出碧霞，携妻挈子访仙家。

清泉浴凤飞天疾，古木盘虬倚石斜。

云护幽居长梦月，风摇香稻正抽花。

人情炎冷权忘却，且入山中咏物华。

晨观南岳

寻寻觅觅访仙俦，是处农家分外幽。

风送江涛成竹节，雪融山籁化泉流。

高天北望心宜净，古籍南传道不休。

昨夜东坡贻我笔，合书诗卷壮兹游。

游南岳夜宿农家

虫鸣鸟唱晚风轻，几盏灯光隐约明。

野气濡花飞月窟，山泉漱石坐蓬瀛。

诗评穷达千秋老，禅说沉浮四座惊。

我有杜康呼太白，共渠醒后九霄行。

南岳大庙

古木森森庙宇崇，香烟缭绕遍虚空。

方塘沉梦翻深绿，丝带连心映浅红。

北斗积才祈学子，南山添寿祝衰翁。

最怜廊外碑林盛，漶漫文辞穴蛙虫。

甲辰年再游南岳

人间南岳矗崔嵬，风色清幽我又来。

文曲舒眉双手立，斗魁启户九天开。

酬诗醉咏千江月，把酒高歌万丈台。

抑塞胸中多磊落，拔除光耀是奇才。

除夕过分水坳

晨旭山头万道光，雾凇林海看苍茫。

裙裾飘曳飞神女，筵席欹倾醉玉皇。

雪化市廛升瑞气，水流阡陌饮琼浆。

一支纤笔长随我，写出新篇换旧章。

分水坳赏冰雪

漫天冰雪落凡尘，秀婉玲珑自绝伦。

光彩江山辉兔魄，清华海岳舞龙神。

团团淑气乾坤壮，阵阵和风日月新。

今夜东君来梦里，明朝璀璨鹤城春。

春分日夤夜穿行鹤城

毓秀钟灵古夜郎，物华礼赞趁春光。

月梳街道婧姿逸，风抚编麈淑气扬。

景丽兴浓催墨熟，酒醇梦稳润诗香。

今宵且醉天星暖，岂避人前笑狷狂。

大年初一家乡美景

吾家祖里野鸡冲，怀化中方籍接龙。

日出光明飘淑气，天开锦绣醉和风。

文章雅量操行洁，人物清华意志雄。

喜看朝晖河岳美，新年新景焕新容。

登黔阳古城芙蓉楼

诗人千古有龙标，天遣英华万里遥。

潕水芙蓉香一国，宝山杞梓插重霄。

连江亭驿知清洁，勒石辞章慰寂寥。

明月照云行雨处，凭栏望远数声箫。

饭余行绕村落次陆放翁游山西村韵

山郭欣观万物浑，农家鸡栅对香豚。

莺歌轻洒敲晨镇，燕语闲飘梦晚村。

凤舞龙池新曲出，龙标凤阁古诗存。

黄金牒谱涂名姓，何日辉煌杨氏门。

饭余散步至安江农校纪念园次杜少陵蜀相韵

安江农校费思寻，古木空春满肃森。

今日亨通尊重望，当时艰苦发清音。

稻花香里多年梦，荷叶光中一片心。

移步轻游高铁站，东风浩荡壮胸襟。

访怀化市通道县坪阳村

莲花世俗说纷纭，通道坪阳四海闻。

彩屋抹云流暧靆，翠山披雾染氤氲。

极生尽死人求合，究败穷成事务分。

警醒红尘酣梦客，不辞拙意诉诗文。

访沅陵县龙兴讲寺次王阳明辰州虎溪龙兴寺
闻杨名父将到留韵壁间韵

绣闼雕甍占岭头，文明雅化鉴时休。

匾浮佛国乾坤大，槛枕沅江日夜流。

墨老苔荒诗满壁，鸢飞鱼跃草盈洲。

阳明心学真千古，策我歌吟后嗣留。

向晚访沅陵龙兴讲寺不遇

初寻古寺闭高门，日落长河欲定昏。

石护芸庐幽掩迹，风摇兰泽馥余痕。

五溪蛮服兵戈戢，四海民安德义敦。

多少贤人诗咏处，何方白壁勒吾言？

再游洪江大兴禅寺·其一

去岁夏中曾造访，今年乘兴再闲游。

云翻经咒檐廊静，风激溪声岫壑幽。

罗汉降龙挥巨手，观音滴水俯明眸。

庄严净土人稀至，可爱双凫戏碧洲。

再游洪江大兴禅寺·其二

经济红尘谢不能，何妨闲暇拜高僧。

空心自去缘三界，具足如来法一乘。

剪纸快刀裁竹帛，度人妙义镇胸膺。

我闻如是同诸佛，稽首和南差可胜。

再游洪江大兴禅寺·其三

翠树穿云绿涧嵌，一方兰若卧冥岩。

修为取易经非俗，造势超尘更不凡。

蒉物夜灯当闭合，惜生除草莫夷芟。

此身果有真悲智，何惧时移节气严？

与众文士行吟杨柳溪

杨柳溪边景致幽，钟灵毓秀世难俦。

清涵城郭连山脚，翠染云天接树头。

园圃耕耘睨商贾，川林吟啸傲王侯。

此间营寨消年月，一任孱庸偃怏求。

游沅陵县二酉藏书洞

二酉藏书万古传，清辉雅韵重山川。

汉风遍道光云日，秦火遗儒拜圣贤。

旷代无闲敲石磬，明时有暇续韦编。

请看江上龙舟竞，似箭湍流一叩舷。

游桐木葡萄沟·其一

农家小院静无人，蒲海中方一派春。

百岁老藤夤树架，半山新墅抱湖滨。

市廛偶逸精神奋，乡野长居气候淳。

临岸垂纶真雅事，约鱼钩上看星辰。

游桐木葡萄沟·其二

蜿蜒小道爱行车，落石纷纭更警余。

乱木葳蕤才去鸟，危崖蹭蹬不通舆。

山腰猿唳幽溪迕，峰顶鸡鸣老屋疏。

纵览风光千万里，人生加减又乘除。

游桐木葡萄沟·其三

百年老井佑山村，汩汩清泉福气源。

勤作脱贫通大道，闲吟爱雅筑雕轩。

联嘉炳蔚文千古，香敬虔诚佛一尊。

善地时来畅怀抱，隆冬炎夏自春温。

游怀化市野生动物园

怀野园林妙趣多，携儿游赏道如何。

水书丽景涟飞石，风奏佳音响撼柯。

虎步余威闲孔雀，狮眠提气逸羊驼。

永州一去家千里，两地光阴走玉梭。

题中方县野生动物园

中土仁风拂鹤州，牌楼镇外景殊尤。

方闻虎啸林多野，正见猿飞壑愈幽。

护惜家园轻玉帛，修持意念重蜉蝣。

生灵自在天机畅，不厌相看是水鸥。

游地笋苗寨·其一

昔闻苗寨恨难游，今日驱车到靖州。

水抱蜜瓜列庭院，风梳粳稻馥田畴。

一溪山色皴街道，四面天光照鼓楼。

不解歌鼟何处去，明朝谁与慰清秋。

游地笋苗寨·其二

寻幽览胜意如何，苗族风情地笋多。

吊脚楼中思缱绻，连溪廊外仰嵯峨。

扶风瘦柳巢黄鸟，戏浪肥鱼跃碧荷。

但得阳春长伴梦，山中处处响清歌。

游地笋苗寨·其三

苗寨鼓楼闻四海，物华独享此登临。

风驮丽日连遥浦，天撒微云抹远岑。

匾绘画图宜静虑，楹镌联句合沉吟。

杨梅抱憾移时令，唼舐凭高抵万金。

秋游至福鼎市品品香白茶庄园

红凋绿落转焜黄，莫至高秋便感伤。

逸兴恒从清处醉，诗才每在隐时芳。

银螺拱宝山山翠，玉盏浮春品品香。

细琢精雕工匠赞，潜心自可创辉煌。

咏怀古迹·其一

怪石嶙峋隐建文，千秋轶史细评分。

蛇巢榛莽留风老，鸦落田畴伴日曛。

驻锡龙游云沆瀣，置龛豹卧霭氤氲。

最怜黔首供王事，赢得诗章赞恪勤。

咏怀古迹·其二

郑氏当年创业艰，风流尚寄断垣间。

龟驮础柱熏新色，虫噬梁枋吊老颜。

闳阔家祠宣武德，葳蕤野木焕文斓。

门前考古人多少，一夜秋凉鬓已斑。

咏怀古迹·其三

文坛巨笔柳先生，星落荒寒纪永贞。

京国阴云扬卓荦，愚溪朗月鉴澄明。

才吟潇水冰心洁，梦托连州玉骨铿。

我亦十年幽独甚，诵君天对泪纵横。

咏怀古迹·其四

晴碧云飞苦潊蒸，思飘古国洒零陵。

苍梧霭湿湘妃老，荆楚风寒舜帝薨。

数处重工横锦幅，几家小贾掌花灯。

东街柳庙碑文潵，远梦中唐气益增。

铜　湾

沅水清流十八弯，千回百转出铜湾。

骚人奇笔从兹劲，迁客伤怀到此还。

门户分明今日色，街坊隐约昔年颜。

欲呼同学围茶座，不见尊师泪已潸。

鸭嘴岩大桥散步

鸭嘴岩桥畅蔽壅，黄昏散步壮襟胸。

水长迅合双区路，天远轻浮一寺钟。

白屋半椽难驻鹤，红缨三丈可围龙。

江流澄澈宜浇灌，日照南山万棵松。

甲辰夏再拜凉山登岚寺·其一

凉山千古蠹伽蓝，明月清风旧熟谙。

澄澈膏泉见榛莽，逶迤幽径没烟岚。

人情繁杂因穷欲，佛理艰深为细参。

孔孟箴言长笑我，南华一梦换颐颔。

甲辰夏再拜凉山登岚寺·其二

雪峰危岭枕沅江，清净修行出宝幢。

风月交光幡炜炜，石泉相击鼓逄逄。

戆愚生死愁千斛，开悟穷通事一桩。

大殿英雄威远布，燃灯照幻绝无双。

甲辰夏再拜凉山登岚寺·其三

为登古寺谒寒山，石径倾敧十八弯。

远处望空浮上下，定中观色杂青殷。

无穷妙理元萧散，有限清才老汗颜。

一瓣心香陈达性，释门沩洞解连环。

行车经 320 国道过鸡公界顶

爱逐人间锦绣光，鸡公界上看斜阳。

群峰叠翠藏幽阒，独树翻青透暗香。

山鸟会操弯路径，家禽踱步小村庄。

浮生大美萦怀抱，雅意欣逢岁月长。

访石宝中学有感

故地重游石宝乡，初三鏖战骋疆场。

推窗喜见杨槐绿，启户欣闻橘柚香。

研学河边增胆识，写生山里润辞章。

梅花开遍求师道，寸寸心田寸寸光。

黄昏游荆坪古村

潕水风柔向晚晴，饭余散步到荆坪。

新居筑路通弯直，古屋悬灯映紫橙。

大木千年承雨润，小舟一叶枕潮生。

帝师故里当书史，巨著流传必有名。

桑梓亲情

故里省亲

闻说新元到接龙，龙飞寓止野鸡冲。

惠风蒸蔚催新貌，淑气氤氲变旧容。

一桶茶油恩老祖，半盘水果孝衰翁。

亲情峻极如山海，分寸难酬泪眼蒙。

袁家探亲有感

年关廿九访幽村，檐溜冰晶觅雪痕。

老竹白霜飞卉圃，小溪绿水润蔬园。

鸡鸣土窖栖冬夏，犬吠柴荆卧晓昏。

最喜田翁垂钓者，鲫鱼味美胜江豚。

咏中方县乡村振兴战略

鹤中一体大文章，经济飞腾气势昂。

规划兴家振农户，帮扶置业润山乡。

身心康健宜龟寿，子弟贤明合凤郎。

潕水龙吟风日好，诗词闲咏秀春光。

咏中方县接龙镇乡村振兴

群山万壑接龙乡，产业提升庆富强。

石岭凿开通道路，仙居建出美村庄。

养蛇巧匠棚盈璐，种稻能工屋满琅。

我爱故园万重意，新诗一首赋中方。

中方县种植中药材助力乡村振兴

帝师故国萃风华，中药幽香馥万家。

圃净肥饶飏艾叶，畦深水足秀天麻。

高歌务急飞松径，曼舞农闲绕竹笆。

牛背驮虹归耒耜，爷孙棋煮一壶茶。

贺兄长生日

自古天伦弥手足，世间最贵弟兄情。

家贫年少趋东莞，命薄才疏赴北京。

雪落霜天车驶疾，风回杲日笔行轻。

下弦月色怜人意，怀化安江别样明。

贺兄长乔迁

百丈楼台橡树湾，纷纷瑞雪焕新颜。

白墙聚福年华里，绿植凝祥岁月间。

窗下酒香思朴素，灯前茶暖忆贫艰。

野鸡冲外时飞鹤，万里云霄不一般。

回　乡

野老幽居大雪寒，银蛇玉象动山峦。

凛风挝面湘天连，淑气熏身楚地宽。

火旺灶膛腾锦绣，水凝冰柱止波澜。

一锅腊肉鲜猪脚，白菜青葱劝进餐。

回乡探亲为家严寿

妩媚青山逆我回，阴寒积晦霎时开。

田禾款款摇黄叶，林树依依走碧埃。

细访亲邻谈旧谊，熟蒸腊肉酌新醅。

人间孝子吾惭愧，但愿年华莫急催。

探亲征途

南来北往半生穷，西走东奔一梦中。

室窄天宽偏易别，家寒日暖总难逢。

绝无生计财将裕，似有辞章笔渐工。

暂把浊醪酹春景，新田旧爱老英雄。

探望祖母次欧阳永叔送襄陵令李君韵

重赂幽冥典寿官，许吾祖母面还丹。

人间物类长愁老，天上神明永醉欢。

劝煮药材防夜冷，嘱添衣服御春寒。

江南节气多潮湿，日下休闲不浼冠。

闻姑丈探亲存问祖母
次彭羡门秋日登滕王阁韵

游子多悲客路伤，回眸故里暮春凉。

马生赶业披朝露，子路荣亲趁夕阳。

鲤跃羹鲜井泉涌，葚肥汁美岁年荒。

杏坛一梦催生计，夜半风寒读旧章。

祖母米氏

祖母今年九十三，清茶半钵不消痰。

慈怀顺节朝名寺，善意循时谒老庵。

仙鹤百年唳云霭，灵椿千丈卧烟岚。

吾家一宝称乡党，敬爇心香上佛龛。

祖母疾革诸亲友下乡探望

正月初阳暖气生，长空万里碧天清。

漫山野马经朝散，戏树家禽向晚鸣。

祖母悴容由疾革，儿孙厚礼坐心诚。

回眸耄耋春秋义，德泽无边泪满盈。

祖　母

人生七十古来稀，耄耋仙真重懿徽。

松饮清霜瘦秋涧，鹤餐玉露浅春溪。

刘殷爨薪钦渠顺，李密陈情愧我违。

风拂村头杨柳绿，笑言游子几时归？

迎家姊回乡探望祖母米氏

胞姐于归二十年，感恩懿德记心田。

延工活族偏多务，辍学持家竟少眠。

祛病湘潭眉皱蹙，省亲怀化颊鲜妍。

我承其泽言难尽，对此沉思泪泫然。

至老家探望父亲祖母

驱车再赴野鸡冲，感念深恩老祖宗。

将颂父严才易尽，且歌母德笔难穷。

家规涵泳胸怀阔，族训沉思志气雄。

我欲高飞天阙上，回眸桑梓更葱茏。

祖母娱乐小记

桑榆晚景赋情深，大母欢娱上抖音。

子嗣宏才凭快手，祖宗厚德报丹心。

秋林寂静观猿走，春泽清明想鹤吟。

耄耋高龄古来少，周全奉养胜黄金。

中方县接龙镇赶集·其一

久愧杨家孝顺郎，暮春时节到中方。

甜瓜老酒罗街道，酸奶鲜蔬列市场。

尚有华衣欢稚子，独无淡饭悦亲娘。

蓼莪读罢重挥泪，萱草庭前泛冷香。

中方县接龙镇赶集·其二

山村集市满琳琅，异货奇珍自八方。

南国赶圩消燠热，西瓜解暑送冰凉。

葱青鱼跃牛腩脆，姜老鸡肥鸭肉香。

但使农夫忘苦楚，不辞献罍醉琼浆。

中方县袁家镇探亲

才回桑梓又行车，吾姊惊闻病愈初。

绿水清涟围古郭，青山妩媚绕幽庐。

辍渠曩日多年学，换我今朝数本书。

哪得如来真药石，余生安乐放心舒。

中方县遇雨轻寒百姓以广场舞为乐

至乐广场金大地，中方城里舞翩跹。

风吹曲律腰身劲，雨润歌词面貌嫣。

士子希求康阜国，烝民盼望太平年。

遥思千载今朝好，我辈躬逢盛世天。

中方县铁坡镇拜年

物华天宝岳嵯峨，毓秀钟灵看铁坡。

豆腐春酥膏雨润，香梨秋熟惠风和。

俊豪频出全家满，佳客常来一屋多。

石宝鱼龙桥下水，上流亦可涌长河。

中方县石宝乡拜年

地灵人杰冠中方，水秀山清石宝乡。

枢纽八通连凤翥，云天五彩接龙翔。

尊年举爵萌贞瑞，序齿歌祺发吉祥。

世代箕裘唯克绍，一祠金匮四知芳。

月假省亲

景致澄明探老家，乡愁思绪更无涯。

风和门矮闻肥犬，山曲林幽见瘦鸦。

喜帖往年金墨浅，楹联去岁草书斜。

重温蒲扇微凉夜，深树高蝉唱晚霞。

恋桑梓

农乡冬日荡清歌，晨食黄牛暮食鹅。

犬吠庭中声脆响，鸡鸣竹下影婆娑。

鲜鱼羹爽宜欢餍，腊肉汤浓合醉酡。

父老情深桑梓恋，一杯夜半酹东坡。

书海启思

拜读《怀化文学》

甲辰正月暖春光，访谒名流笔意长。

潕水江边风细软，中坡山麓草鲜芳。

奇文偶读心胸阔，佳境时逢志气昂。

丽质天成务歌咏，秋高时节续华章。

阅何其三绝句

人言唐后少诗才，笔不如神意不来。

韵雅书香苏蕙敐，歌浓酒兴薛涛陪。

灵心皴梦花成帙，巧手描春绣叠堆。

一字一行飞雪上，夜间存问有红梅。

读沈祖棻《涉江诗词》有感

当时赵李今程沈，才女江南有令名。

家学渊源功力厚，世风锻炼骨毛清。

敷棻万木浓春色，空远千帆淡笛声。

祖述前贤未干墨，珞珈山上看潮生。

拜读徐昌才大作

徐缓修身世罕俦，笔耕不辍度春秋。

昌晖诗律扬名烈，祖述词风见器猷。

才陟书山登蜡屐，德遨学海荡篷舟。

高人祖籍源新晃，何日同渠岳麓游？

阅《诗经·卫风·淇奥》有感

猗猗绿竹生淇奥，君子堂堂缓步来。

衮冕昭伦鸣玕玥，纮綖比象烨琼瑰。

若金若锡修贤士，如琢如磨铸大材。

青史几人属彪炳，留予踏雪嗅红梅。

夜读中华书局《文选》
次林肃翁答友人论学韵

佶屈聱牙释意难，任由岁月蚀容颜。

权藏大愿新风里，且寄微身古籍间。

蜂鸟徜徉甜蜜醉，苔花妩媚丽春还。

但能稳健游深海，何畏长征越大山。

夜读杨茂林先生文章《铜湾，铜湾》

记得当年县二中，鲤鱼坚信跃飞龙。

茂林花美青春盛，乔木枝繁岁月浓。

三载秀才将拱北，一川沅水正流东。

何时再赴铜湾镇，吞吐波涛志气雄。

夜读洞见刘禹锡回忆过往岁月有感
次其酬乐天扬州初逢席上见赠韵

少年志气曾求道，海岛孤村寄我身。

天远悬迷务虚者，风凉吹老问真人。

词中奇幻千轮月，笔下寻常万斛春。

兴至骑鲸翻巨浪，欢娱把酒醉龙神。

品《红楼梦》海棠诗社菊花诗因念此尤物

篱边顾盼慕风流，窗下徘徊醉便休。

前世共君消寂寞，今生独我品忧愁。

日中互诉痴将革，夜半相思病已瘳。

使尔晨昏长解趣，此间何必问沉浮。

品读谢亭亭《湘西，念念有词》

往圣湘西拜屈原，后阳冲外有幽村。

循循古道温良见，念念深恩德义存。

婉婉黄花挹秋爽，亭亭碧柳淌春温。

谢君一卷新诗好，香沁文辞照雪痕。

读李娟《我的阿勒泰》有感
次周濂溪任所寄乡关故旧韵

极目蛮荒北地寒，天高云阔卷风酸。

须眉俊骨添生意，巾帼清文转命盘。

冰冷凡尘常血热，喧嚣世俗独心安。

千年白雪涵良玉，光色人间不一般。

晨读班孟坚《西都赋》
次林和靖湖上晚归韵

汉帝西都合太清，规模制度绝寰瀛。

上林苑内云回暝，长乐宫中雪霁晴。

仕女裙裾沿地匝，才人冠盖接天迎。

班君文笔传千古，今日欣闻大赋声。

阅川端康成《雪国》有感

野山灯火净无埃，大雪飘飘落下来。

驹子相思曾做梦，岛村孤寂已成灰。

绝殇款款书情老，唯美凄凄感物哀。

儿女悲欢真洁净，七分月色到灵台。

阅《大卫·科波菲尔》有感

科波菲尔真名世，玉汝于成第一人。

父母早亡时遇棘，亲朋厚惠命逢春。

笃行出类情超俗，苦学成才志绝伦。

大爱关怀民苦乐，狄更斯笔信如神。

阅史思史撰史次赵云崧题元遗山集韵

虎啸龙吟毕竟空，山间明月醉渔翁。

来回帷幄挥椽笔，反复疆场挽大弓。

碧浪冲天战南海，红旗映日卷西风。

一枚杏叶飞苍昊，鹰隼惊惶拜俊雄。

阅马伯庸《长安的荔枝》
次黄山谷次元明韵寄子由韵

举国欢惊尤物至，岭南江北起风烟。

三移丹荔残千棵，一笑红颜悦九天。

上好坊中悲贱命，华清宫外庆芳年。

谁令帝子知民瘼，寡欲无为解倒悬。

阅洞见公众号文章泪如雨下
不能自已于是有感赋怀

夜深独坐忆前尘，悲喜虚时亦作真。

志大曾经漂四海，心宁此刻愧三春。

妻儿有爱叨寒暖，朋友无声问苦辛。

岁月依然催白发，凭何恩德报双亲？

阅《红楼梦》有感

一部红楼只说空，沉思掩卷意无穷。

繁华证悟超尘外，寂寞参玄入世中。

仙骨脱凡真俊杰，缁衣改素大英雄。

太虚幻境存今古，青埂山头草木葱。

阅《悉达多》有感

精深哲理震娑婆，一部鸿篇悉达多。

爱欲死生成苦水，痴顽荣辱作悲歌。

认全相幻超凡物，勘破心空证佛陀。

我到头来谁是我，灵山晴雨看烟波。

至怀化市雪峰书店阅读

修才雅爱浴书香，每见清文意气扬。

初读藻辞离燠热，再评理体入清凉。

诗歌南岭熏梅馥，曲颂东篱醉菊芳。

仰望雪峰山上景，白云苍宇两茫茫。

节庆感兴

癸卯年中秋

禹甸金秋沐月华，姮娥靓影舞千家。

祥云幻彩流晨旭，瑞气飞光蔚晚霞。

国泰民安称大治，物华天宝咏清嘉。

躬逢盛世歌隆庆，万里和风遍海涯。

癸卯年国庆节感怀

七十四年隆国运，寰球刮目看中华。

鹏飞北海抟风直，龙啸南洋劈浪斜。

仁义由来生紫气，强梁终古葬黄沙。

青山明月深情在，文脉氤氲是我家。

癸卯年元旦抒怀

楚天迥邈焕新容，淑气轻浮褪肃冬。

迢递乡关怀梦老，渊澄情种染诗浓。

绵绵细雨千竿竹，隐隐层霄万丈松。

一夜春雷惊伏蛰，湘江水阔是飞龙。

二月二午间寻花

龙见抬头逢吉日，春耕时节盛娇花。

雏莺劲展柔毛顺，乳燕频传款语哗。

红李暗香飘万户，白桐淑色润千家。

此间直欲飞天上，雅会神仙赞玉华。

庚子年于洪江市安江镇值立春前夕有感

绵绵酥雨糁轻寒，春到农家视界宽。

佳节应耘兰百亩，良辰好插竹千竿。

祥云暖瑃飘岩岫，瑞气氤氲湿树冠。

酾酒临江今日再，清平歌舞颂长安。

庚子年重阳节

重阳日暮秋山远，寥落幽村长故稀。

雾霭啼鸡恒我弃，雨帘鸣鸭久相违。

姜公垂钓翻黄菊，薛子平辽动紫薇。

今又西风送佳节，回眸桑梓泪沾衣。

挂社坟

千里长空漠漠云,野田乱冢祭新坟。

红黄花束清香溢,远近岚光淑气熏。

村俗奠仪情洁净,山湾炮仗雾氤氲。

人间生死无穷已,风暖天高诵此文。

癸卯年总结

白驹过隙又年关,芥子飘浮岁月间。

雁别衡山思峻峻,鹤翔㵲水觉潺潺。

夜中岂忍伤疏志,镜里那堪睹瘦颜。

坐数星辰照前路,雪峰极目九连环。

甲辰年元宵节

江南千里涌寒潮，冻雨冰霜落九霄。

乡野空怀为冷寂，山城极目是萧条。

龙灯绮梦来祥盛，爆竹鸣天去病遥。

莫管忧心人与事，举杯吟咏醉今朝。

甲辰年春分日独驾寻春

桃欢李笑已逢春，佳节吟诗气象新。

粉萼教蜂书雅致，紫荆引蝶唱清真。

十分丽质从幽独，一段奇香出苦辛。

岂可虚忙无乐事，老夫正是爱花人。

癸卯年情人节

人言风月阔无边，于我风寒月不圆。

曩日孤身推酒盏，今宵只影叠诗笺。

哪因衣厚闲红袖，但为才疏咏白莲。

郑谷守愚原有味，灯光明灭读中年。

咏情人节

多情深处转无情，海誓山盟许一生。

桃树春风才重国，梧枝秋雨笑倾城。

凄凉尘世牵牛汉，冷落天河织女星。

清梦兰舟化流水，连江澄碧数峰青。

辛丑年情人节

夜半玉箫吹暖梦，红尘男女诉衷情。

新妆织女连天盼，本色牛郎望月行。

灯下明眸波款款，镜中皓齿笑盈盈。

相思忽醒知何似，夜雨寒江点点萍。

再咏情人节

男女今宵缱绻生，情于深处转无情。

风流已付残宵梦，潇洒还宜满日程。

羞愧窗前红雨落，从容镜外白丝横。

山盟海誓如天候，一阵阴寒一阵明。

癸卯年五一回乡探亲

远山曲径入仙乡，倩影飞禽叶底藏。

闹市尘浮闻聒噪，幽村泉漱觉芬芳。

人情似雾论深浅，世道如烟话短长。

莫笑吾家多野陋，葱花鹅蛋自清香。

癸卯年元宵节抒怀

客中佳节又经年，步韵呼朋下酒筵。

淫雨纷纷销丽日，凄风瑟瑟落寒天。

欲参佛理违尘事，不赏花灯避俗缘。

一梦书生真老矣，家山杨柳故婵娟。

国际茶日

清居吟唱煮云华，香气蒸腾淑气嘉。

嫩叶舒眉思白蕊，柔茎展臂恋青芽。

才观方外千层阁，始见人间四月花。

今夜梦中何所得，琉璃一片净无瑕。

己亥年冬至

冬至年关祭祖宗，梦回千里野鸡冲。

四知雅训推为相，三代清规教力农。

雪岭雾深瞻桧柏，沅江浪急采芙蓉。

杨家将帅中方县，可有儿孙拜卧龙？

己亥年重阳节

金秋异地又重阳，忆及湖南泪湿裳。

只为青春求道义，何曾壮岁赋文章。

家严问恤知康健，犬子承欢审惠良。

普愿老来松鹤古，天涯不必探仙方。

癸卯年教师节

郡园佳节溢秋香，丹桂迎风韵致长。

百亩红蕖裁秀色，千竿紫竹剪清光。

精神提挈心怀阔，膳食丰盈笔墨扬。

自古鹤城出雄杰，师生向日颂华章。

立秋后听雨

秋雨滂沱到郡园，风浮爽气汜幽轩。

脂残芍药时无义，黛盛芙蓉笔有温。

景爱清游怀上巳，节宜悲悼近中元。

年年桂子芬芳甚，不日妖娆压竹樊。

甲辰年世界读书日有感

世上万般皆下品，圣贤只认读书高。

千秋物理融铅字，万古人情醉浊醪。

笔底卮言寄文采，窗前明月解风骚。

再陈大雅于新梓，玉振金声看我曹。

甲辰年七夕大雨次冯允南山路梅花韵

织女牛郎手撷梅，鹊桥今夕暍霾开。

天宫玉泪多轻落，人世淫霖盼早来。

炎去艰难风俗薄，凉来容易岁时催。

情深情浅皆虚幻，孽债空缘到此回。

甲辰年小满网购书籍感怀

人世夏初逢小满，山城梅雨慰伶仃。

书香一缕还归净，茶韵三壶自播馨。

不必暂停当永驻，何妨沉醉作微醒。

明朝雨霁推门看，诗意辉涵水上萍。

甲辰年立秋

忽觉人间已立秋，夕阳独立看江流。

年华倏瞬三通鼓，行迹飘摇一叶舟。

怜子情怀奔笔底，眷家气格注心头。

奶茶换去清茶上，灯下敲诗夜更幽。

甲辰年劳动节抒怀次陆放翁示儿子韵

春归消息有谁知，水满陂塘草长时。

燕嘴衔泥空自慊，柳枝垂影枉相欺。

扶耙艺稻权除馁，秉烛翻书且愈饥。

今日欢娱尚劳动，高歌古圣劝人诗。

年终总结

夜深人静每沉思，增长灵明正此时。

俸禄润身怀德主，文华养气忆恩师。

六年辛苦劳荆妇，五载峥嵘育犬儿。

愧我诗书求索急，行臻壮岁鲜修为。

龙年感怀

阅尽人间卅八春，玉壶夜半拭纤尘。

九州共俗文章国，四代同餐德泽身。

敬拜祖宗传有道，诚祠天地福无垠。

龙行龘龘风雷啸，笔底乾坤气象新。

中秋佳节

西风吹我如霜发，为赏嫦娥到故乡。

物理千秋崇大道，人情万古拜高堂。

茶臻浅淡烹书味，酒至醇浓醉月光。

芥子一枚浮宇宙，半杯玉液祭玄黄。

正月初一

千团牛气一时新，化育农乡万匹春。

叩户问年行族老，推门谈梦访村邻。

桂皮燔肉分金宴，山笋煎鱼飨玉珍。

岁月回眸增感慨，云烟缥缈倍伤神。

元宵节聚餐

郡永名师聚一堂，元宵佳节菜肴香。

千家恺悌祥云绕，万户团圆喜气扬。

心许杏坛情热烈，舌耕讲席语芬芳。

绿醪化作逢时雨，沃灌三春育栋梁。

辛丑年端午节傍晚环华清高中行步

湘西古镇数黔阳，毓秀钟灵赞八方。

庠序风吹沅水急，农家烟散雪峰长。

犬行堂外衔鱼臭，鸡走畦中啄稻香。

回首苍山青翠远，一盘彩粽醉雄黄。

辛丑年冬至日抒怀

羁旅经年惯别家，每逢节庆望天涯。

吟诗漫解南山近，读赋空闻北海赊。

霜露盈身感兄姊，风尘满面愧娘爷。

乡关迢递知何处，夕照余晖映暮鸦。

五一回村探亲

天公许我东风便，千里行车返故乡。

养老趁时供酒肉，孝亲赶节买油粮。

家贫不碍行儒礼，龛窄无妨爇佛香。

语峭忘恩世轻我，冰心映月鉴苍茫。

妇女节有感

史书巾帼誉中华，文胜虹霓貌折花。

雨润桃枝红有炜，雪涵梅朵白无瑕。

能挥笔墨荣亲族，敢舞戈矛报国家。

时代新风女儿秀，令名雅望惠天涯。

壬寅年重阳节有感

瞻云陟屺付秋风，岁岁重阳景不同。

王粲登楼天渺渺，陶潜咏菊日融融。

还温古训传新辈，且挹陈醅敬老翁。

可惜浮生作游子，流年一半路途中。

秋日感怀

阔别江南十五秋，索诗策马少年游。

剑光冷气黄花坞，玉色清辉白蓼洲。

戆直怀儒名利远，清癯拜释岁华稠。

东坡风骨东坡老，夜雨江湖逝小舟。

秋分理发

白发欺吾体力微，花前月下雪纷飞。

无情乐去文风瘦，有债愁来肉相肥。

墨冷兰香斟热酒，书温菊色御寒衣。

剃头正合秋分节，年少姿容伴雁归。

癸卯年抗日战争胜利纪念日

玉笛飞来落叶声，千山萧瑟雨初倾。

终身刻苦文心重，举世喧嚣步履轻。

战乱自能崇武将，承平岂可易书生。

回眸历史凋神色，一祭英雄涕泪零。

甲辰年八一建军节抒怀

新置乾坤换旧天，神州九十七年前。

驱豺利剑提雄气，射虎钢枪荷铁肩。

广宇飞船彰国格，大洋航母卫民权。

今朝共庆军威盛，明日还书锦绣篇。

忆先妣有感次柳子厚岭南江行韵

鸡公界上幻云烟，思念如风拂枕边。

诗读蓼莪恒坠泪，盘堆葱肉总垂涎。

将掏黑土初希镐，欲探黄泉又乏船。

三载阴阳成永隔，唯余笑貌慰流年。

甲辰年妇女节忆及先妣

北堂春到觅萱花，不见云天万匹霞。

佳节寂寥怀岁月，良辰濩落数年华。

桃梨尚未光新景，风雨依然暗旧家。

提笔赋诗辞险韵，双眸湿处远山斜。

中元节忆先妣

天荒地老情难已，节到中元泪早垂。

顾子寒凉多披被，念娘孤寂只裁诗。

恨无纸上悲愁郁，空有人间面貌慈。

今夜乌鸢频拍翅，哀号都是断肠儿。

生日赋情兼怀先妣

吾家祖业籍中方，学不成名愧栋梁。

晃晃悠悠还泛泛，寻寻觅觅复茫茫。

千年银杏千年盛，百岁红杉百岁芳。

先妣在天如有意，许儿清气作文章。

阅卷怀先妣

五年长遣梦魂游，文寄哀思笔不收。

笑貌慈祥温岁月，荒坟寂寞冷春秋。

仙崇令淑迎青眼，俗愤孤高对白头。

孙嗣渐能明礼智，肩齐我胁汝知不？

片喜可录

品靖州东魁杨梅

靖州自古誉杨梅，日食三珠爽气来。

红果笼云甜汁溢，青枝泽雨笑颜开。

振兴货殖非齐物，悦纳民萌信楚材。

君若问吾此名号，鹤城农市记东魁。

品怀化市酱骨

昔尝酱骨秦皇岛，今啖佳肴在鹤城。

莫说嗜荤非佛子，权言服素是儒生。

白茶自可标清苦，红酒何妨颂太平。

往古圣贤同寂寞，争如中土此生行。

品茶次苏东坡次韵曹辅寄壑源试焙新茶韵

雪峰山顶浥轻云，叶嫩枝柔染粉匀。
玉液半杯酥沁梦，琼浆一盏爽涵春。
潇湘馆里书香重，缀锦楼中月色新。
尤物从来著高雅，此中意蕴遗谁人？

品茶次杜工部江上值水如海势聊短述韵

尘事累吾躯七尺，云华抚慰得中休。
半壶度日涵千喜，一盏觞天洗万愁。
念捋碧柯攀峭壁，思尝玉液上轻舟。
时贤拊掌玄谈盛，莫管旁人笑梦游。

念儿嵌其名姓

我思犬子到天涯，南岭云层望眼遮。

春暖新田生雨露，秋澄古郡幻烟霞。

礼明事绪箕裘盛，乐统人情杖履嘉。

杨氏从来清白族，愿儿勤读旺文华。

管阳镇取快递

今权由我做邮差，周日行车又上街。

学少谦卑崇巨擘，行多俭朴易名牌。

御寒更着裘皮服，足气欣穿布底鞋。

举手微劳相劝善，胜于皓首读书斋。

多回商讨改书稿毕

拙笔常年撰范文，瓷缸深夜老烟熏。

唯多舞凤盈清德，辄少雕虫满令闻。

始作风骚贻佞者，终凝心血付贤君。

书生若我何惭愧，泼墨成章领万军。

撰嵌名诗贺蒋家村两英俊考进清华

蒋家自古出英才，逢考题名尽夺魁。

志伟远航层雾散，心雄高骞积霾开。

纵谈齿俐崇新秀，畅饮杯深爱旧醅。

政化清和当艺树，舂陵河畔咏红梅。

食鳝鱼

清欢何必煮鲜蔬，葱蒜荤辛炒鳝鱼。

浇汁添糖滋气短，煲汤佐酒补神虚。

铁头拱土钻岩洞，尖尾扬波曳水渠。

美味一团润肠胃，徐行宴后坐心舒。

用奖金购置图书

书卷常翻多妩媚，如聆遐训最消忧。

花开阆旷红弥眼，雪落清香白满头。

破梦莺声惊得失，迷思烛影鉴沉浮。

中年不惑今将近，人事江流泛水沤。

拙荆发犬子拼接益智图照片有感

自古育儿龙凤意，于今疏阔我非无。

怡情要品真贤画，养志须观大圣书。

尚猛倾柔崇实法，融文透理胜虚儒。

心宽体健延时岁，一笑人间示至愚。

周末捡垃圾

幽村无处不寻芳，周末闲时又拾荒。

净意授徒明主旨，素心教子认舟航。

世言易许窝囊废，梦境难标琢玉郎。

莫管前程分远近，家规他日自飘香。

取市作协证件

数年艰苦陟文峰，几度山腰望昊穹。

笔易正时拜星斗，墨难干处染芙蓉。

堪羞性拙情非雅，所恨才低句不工。

天阔征途瞻海日，敢同泰岳比心雄。

犬子送吾画作有感

常观犬子性多愚，不读千年经典书。

奥特曼中描梦想，蜘蛛侠里绘蓝图。

身披坎袖成坚甲，手握泥丸作宝珠。

髫龀已浓家国爱，胜吾湘楚老清儒。

为课犬子背诵乃网购儒家经典

莫笑老夫情古板，教儿接物悖潮流。

危言矫俗安凉夏，美志新风燕素秋。

古圣规箴鉴虚实，先贤智慧定沉浮。

诗书但得粗相识，不必人前作汗羞。

贤妻教学赞

尺方斗室授生徒，提笔描摹锦绣图。

贤淑足堪旌百女，慵疏哪得长千夫。

和风映月蓝田玉，惠气涵波沧海珠。

治学严明桃李盛，人生逆旅赖相濡。

迎犬子

北去南来类转蓬，今生眷属任西东。

人情冷暖多年厄，世态沉浮数载穷。

为使童颜映秋水，岂辞鹤发沐春风。

吾儿听父传真语，喜乐安生自俊雄。

与婚宴次陆放翁示儿子韵

洞房花烛世人知，玉液金杯合卺时。

觞友和家能笃睦，孝亲养老不诪欺。

素装洁意熏身暖，厚礼修心愈胃饥。

先圣五伦重夫妇，移风易俗撰新诗。

与犬子暂聚

犬子冥顽髫龀岁，我为其父愧无垠。

宁忙生计尝颠沛，不恤伦常问苦辛。

竹笋荒丘浼榛莽，松株幽涧落风尘。

明朝循路苍梧去，雾锁潇湘泪湿巾。

与小儿夜游新田县城

流光溢彩乐骈阗，宝马雕车不夜天。

雨打江湖离故里，灯温生计买新田。

桥中觉梦参金偈，云上观光揖老仙。

高塔琉璃才咫尺，登临远望送华年。

犬子·其一

东坡警语常醒我，鲁莽愚痴祝小儿。

床有奇玩唯耍性，桌无典册不敲诗。

插云紫竹栽千棵，凌雪红梅育一枝。

小院幽窗增雅趣，清香更赏暖春时。

犬子·其二

苏东坡老负聪明，子嗣非求晋巨卿。

初读诗联谁意解，再推句律我心清。

人间利禄羞文采，梦里功名尚德行。

但愿小儿多谨重，忠廉礼孝慰生平。

交友论道

童丽君老师赠诗集《耕读传家》

家学渊源翰墨吟，箕裘克绍有徽音。

载耕载读私之德，能武能文众所钦。

人说联坛多卞宝，我看诗苑少隋琛。

洞庭波涌湘阴雪，一派风华感不禁。

童丽君老师撰诗有感

诗书韵味延形寿，耄耋童君笔力雄。

雅思飘云连海阔，清辞落雪接天工。

勤耕夏合蝉鸣翠，悦读春宜燕舞红。

秀丽故园香菜圃，吹来翁媪正家风。

参加市作协文学讲座

曹王丽什誉千秋，风骨相传仰九州。

辉焕云天呼爽气，清澄耳目望高楼。

一生白屋能安住，终古绯鱼不忮求。

流韵文华君吐出，前贤踵武有遗休。

咏木棉

残冬冷寂稀尤物，梅未开颜菊已凋。

茉莉清微输馥郁，牡丹秾丽逊逍遥。

千排壮汉穿山路，万簇娇娘隐石桥。

更爱深红辉日色，风情通透入云高。

与易水寒、杨贤满先生闲游

水清山瘦菊微香，道士仙丘坐涧塘。

故旧雅谙摩诘韵，亲朋素习浩然章。

幽村日贵兼葭老，鄙邑风寒荇藻长。

南郭东坡如有语，人寰绝处沐天光。

复赵东升校长论文

名篇千古岳阳楼，笔润长沙橘子洲。

解字说文神鬼哭，薄今厚古士人愁。

老庄智慧崇三教，孔孟仁和誉九州。

劝子与时偕进取，经纶事理亦风流。

白冰先生自山西题字

养拙斋中养拙人，诗庐半作置微身。

白冰一颗千钧墨，红雨三重万斛春。

方外数仙怀耿直，尘间何士解纯真。

太行山润黄河水，宝地宜栽是翠筠。

饯别陈驹于高铁站次黄山谷送顾子敦赴河东三首其一韵

安江逐梦共华年，楚国奇山秀蜀川。

西月忽悬明柳絮，南风渐起卷榆钱。

龙驹矫矫东山上，鸿鹄腾腾北海边。

今日不须湎陈事，衡州自有好园田。

陈伏坤兄邀余论诗见寄

相交一十二年前，小院通州话圣贤。

一曲卧龙吟实性，半支梁甫唱深缘。

秦皇岛上三文客，福鼎村中两醉仙。

莫起沉浮名利叹，几多英俊逝云烟。

陈伏坤兄回复微信再见寄

大笔如椽欲伏坤，耽书追及古人魂。

弟兄孝友登儒室，名利清空入佛门。

墨染兰亭飘北国，毫皴石鼓响西昆。

故都绝景飞霞浦，海曙熏云天地浑。

参加中方县楹联培训次
杜樊川书怀寄中朝往还韵

信有诗书远垢埃，茫茫人海自洄回。

长冰淑气凡尘上，忽雨幽香冷夜来。

雪霁重湖朝日鉴，云晴叠巘向天开。

当描笔墨河山秀，不负微躯作楚材。

参加鹤中一体化文艺大会次
杜樊川万家相庆喜秋成韵

鹤中一体喜初成，文艺先行发雅声。

巨笔挥来新秀德，清歌演出故园情。

嘉宾蹚水祥光至，静室浮云瑞气生。

可爱稻花辉夕照，湘西大道正徐行。

拜读袁章良先生文辞有感

秉笔弘文感物华，辞章字句更咨嗟。

雪峰试剑披晨旭，沅水漂舟映晚霞。

桃拥春风醉醽醁，梧沾秋雨奏琵琶。

从来英雄歌佳景，好向江心品白茶。

贺王云林老师六十大寿

人生花甲古今崇，阅尽沧桑万事空。

暖气轻回香阁翠，寒霜淡掩冷山红。

追风起枥奔雄骥，望月横巅蠹劲松。

莫道他乡知己少，一杯寿酒更情浓。

蒲少军先生寄书

酷暑难忘聚一师，楹联苦学正当时。

异门痛乱批庸句，同寝乘凉诵雅诗。

公仆久为似扛鼎，雄文甫读若观棋。

晃山舟发清秋夜，明旦帆扬潕水湄。

品怀化市杨先生邮寄柚子

岭南尤物味奇香，记得东坡润笔扬。

百颗荔枝渠咏赋，五囊柚子我歌章。

满屏实意烘身暖，半斛真情慰节凉。

自有边城飞玉鹤，雪峰山麓蜡梅芳。

贾君置席辞旧迎新有感

寻常寂寞又新年，雪不嫌贫落鬓边。

安有雄财传后嗣，实无雅范接前贤。

豪情暖梦飘茶会，率性冰文洒酒筵。

寄语风流巉玉骨，杏坛燃烛续韦编。

衡阳名师荐吾书籍次陆放翁书喜韵

雪峰雨住喜初晴，我与农夫共力耕。

性拙逢荆凭笔戳，勇孤值逆仗文鸣。

自珍敝帚期完愿，人誉清才庶小成？

悯悃假君荐高足，衡山顶上大风平。

洪江市龙标诗社创办廿五周年有寄

文章万古读龙标，典雅书香化獝獠。

廿五年诗吟朗朗，两千载史咏昭昭。

雄才警世疏嘈杂，直节撑天破寂寥。

执掌翰林何处是，风流人物看今朝。

与杨贤满聚餐

深情厚谊话当年，冀北湖南一线牵。

辩佛论心逢月皎，谈玄尚气趁花妍。

诗书驭马崇鸿业，妻子随车拜吉阡。

人世不忘扬德惠，雪峰名满数君贤。

获张先生谬誉有感

万里山川增浩气，伟人诗作阔胸襟。

弥天大勇尊中外，盖日雄材震古今。

孔孟菁华陶铁骨，马恩核要铸冰心。

先生知我湖湘裔，九月金秋为奏琴。

寄祁东贾善运君次陆放翁夜泊水村韵

吾于人世亦飘零，江北江南学赋铭。

意至修禅坐精舍，兴来酬唱集兰亭。

树愁役节红经绿，发苦粘诗白易青。

肯寄冰心黄鹤使，一飞衡岳到烟汀。

贺嘤鸣诗社创办四十五周年

嘤嘤紫燕落青梧，族类群居德不孤。

鸣唱叶间宜瑞鸟，歌吟树下自鸿儒。

诗堪淑世真君子，德可亲民大丈夫。

社稷士人风化雅，读来字字是珍珠。

收朱彦昭老师福建岩茶

故友音书万里来，闽江清水润茶杯。

感君笔力能扛鼎，愧我文风不起灰。

北国同歌冬凛冽，南疆齐陟岳崔嵬。

艰危奋勉千秋下，盛世今逢共舞哉。

朱彦昭老师寄书茶与我

故人伴我九春秋，北国当年踏雪游。

泼墨何曾管浓淡，行书哪复计稀稠。

秦皇岛月飘怀化，平顶山云过福州。

他日奇文能共品，岩茶一盏破千愁。

重回祁东聚友

我去祁东甫一年，骚人情思已弥天。

山中月季身偏瘦，院内蔷薇色正妍。

管华席茵经割剖，范张鸡黍已烹煎。

清波湘水通沅水，南浦明朝送客船。

中方县作家雅聚

鹤州家业析中方，耕作田园潕水旁。

桐木镇中迎凤翥，铁坡顶上接龙翔。

宜无鸿鹄穷凉宇，岂有梗楠葬大荒。

挥笔如椽当指点，江山锦绣献玄黄。

赠友人黄玉娟女士

黄钟大吕赞文工，赤子情怀与汝同。

玉骨半斤能震虎，冰心一片可雕龙。

娟娟秀雅裁新曲，炳炳中和制古风。

好向苏辛夸淑李，清高不必世人从。

赠蒋祁峰

祁东万仞出高峰，气势峥嵘有虎龙。

妩媚幽禽新耳目，葳蕤古树壮襟胸。

神仙论剑何方会，佛道谈玄此地逢。

青草如诗将进酒，持杯劝子我先锋。

为诸文友邮寄新书《湘土文心》
次韩退之答张十一韵

十五年来面抹沙，驱驰南北晏安家。

性愚定可胸生草，笔拙何能字发花。

湘土文心联海角，龙邦风骨蔓天涯。

少年同学多清贵，闲咏平平仄仄加。

晤祁东县音乐界新星李璋陈凯撰藏头诗

李氏门风自古清，名流雅望曜天星。

璋珪烨烨延殊誉，瑜瑾玎玎续令名。

陈事桩桩闻玉振，新人辈辈发金声。

凯歌一阕衡山动，飞越神州万里程。

喜闻张江海兄考取教育心理学硕士

品读华章昔共存，莞然浅笑觉春温。

儒冠承道朝元圣，梵乐传香拜至尊。

君有高怀欣学术，我无厚德愧诗言。

杏坛万里清秋阔，日暮何堪独听猿？

新晃拜访侗族文史研究专家黄麒华老师

收藏古物志非凡，心底无私日月监。

渠泣情怀颜色老，谁伤文史岁华缄。

效谋肯使飘霜鬓，出力何妨着破衫。

桂子庭中香未盛，翻空雏燕自呢喃。

杨付英老师赠书

多沐书香品自高，幽怀畅叙拂尘劳。

浅蓝草籽弥乡土，浓绿花枝满竹篙。

愿付辛勤描锦绣，甘将平仄咏英豪。

依依杨柳沅江岸，琢玉何须费剪刀。

杨先生赠玉菩萨

杨公赠我尊菩萨，一颗冰心在玉壶。

扶正摧邪依地藏，降顽生慧赖文殊。

剑磨强韧千方铁，莲出清灵百亩湖。

夜里灯前应细品，链条光耀是珍珠。

于铜湾餐馆宴请恩师同窗

风华一十九年前，求学难忘志向专。

良友提携浮脑海，恩师顾恤印心田。

若无往昔艰难日，岂有今朝锦绣天。

自古鹤城多菡萏，姿容仿佛桂花妍。

与大学校友陆思同先生交流次刘随州江州重别薛六柳八二员外韵

湘潭四载同三载，与子昭山每放歌。

指向天边肝胆厚，归如云上鹤鸿多。

手搴荆棘春无限，心驻芳菲梦几何。

大业蓝图光灿烂，何辞四海更奔波。

与读者交流

多读诗书经典韵，古人如是训儿孙。

心头雅意苏辛贵，笔底仁风孔孟尊。

鲁迅佳篇无别味，莫言丽什有余温。

南华稳坐虚空道，执策无时一叩门。

赠周延华

孔情铸骨易浮夸，涵养周思气自华。

文意延延承伟力，诗风亢亢绽奇葩。

老农敏睿分稆稗，巨匠高明识瑾瑕。

幸有祁东真伯乐，鼎山无处不香花。

与四川周江先生论文学

圣人论道诗言志，万斛才情洒大江。

玉楮晴明常发箧，牙琴雨夜偶敲窗。

蓬蒿矮树成松立，囊橐闲文作鼎扛。

我寄冰心溯三峡，云帆天际影幢幢。

与贾善运兄寒舍小酌
次陆放翁弥牟镇驿舍小酌韵

诗寻雅韵爱杯盂，海北天南话饭余。

水陆珍馐今日会，乾坤正气古人书。

蛙鸣白酒升温晚，虾跳黄花解热初。

但得幽人每存问，何妨下榻造茅庐。

与贾善运君王云林君文学安君聚餐

人世欣逢美酒香，陪君三万六千场。

季鹰鲈脍莼羹酽，元伯鸡筵黍酏芳。

蚕蛹肉肥腌蛋黑，鸭雏皮脆腊鱼黄。

杯中玉液知多少，入口酥身吐锦章。

与怀化市知名公众号
"油糊辣子"作者交流有感

与君同籍宗杨氏，龙骧重霄气势昂。

梅绽香园闻峭节，剑鸣古匣射寒光。

四知爱满芝兰秀，二省心坚蕙茝芳。

吸墨毛锥临潕水，毫端犹带鉴湖霜。

与故人王云林交流有感
次毛主席和柳亚子先生韵

共赴韶山岂敢忘，伟人德业振玄黄。

弘文尚武陈经纬，辟地开天树宪章。

年寿有圻凡易测，风光无限圣难量。

湖南候雁通苏浙，诗咏冰心梦大江。

新晃拜访作家蒲海燕老师·其一

人物菁华出晃州，山川异彩耀千秋。

龙溪书院培贤德，侗俗公园献茂猷。

史册斑斓辉雅士，文风浓郁挹清流。

诗章万古高名利，圣绪今朝自绍休。

新晃拜访作家蒲海燕老师·其二

一寺飞来鸣燕子，物华天宝念弥陀。

起缘空性游莲海，拔苦资生出爱河。

雨滴铁钟知载覆，风敲石柱警娑婆。

何须醒后分圆顿，兰若吾朝大放歌。

礼赞英雄

赞杨振宁先生示以藏头诗

杨氏四知光照远，千余年后诞奇才。

振扬至道精微显，偃抑旁门惘惑开。

宁志空名他国去，清心淡利故乡来。

高能物理银河望，无极通途净碧埃。

再悼袁隆平先生

袁家星月近边城，稻海飘香誉美名。

怀化田畴培俊杰，安江农校育精英。

情怀社稷长春暖，心念黎元永夜明。

禾下乘凉风习习，国隆粮足耀平生。

赞孟晚舟

吾国英雄孟晚舟，芳菲牒谱自清流。

哪因怜爱稀规矩，岂得威凌限自由？

廿载华为歌美梦，八年苹果叹寒秋。

绝伦巾帼真风采，韬略文华誉五洲。

瞻拜左宗棠故居

湘阴县数柳庄雄，千古英名拜左公。

耒耜传家耕垄亩，兜鍪报国战军戎。

新疆蒙泽腾清气，故里承恩沐惠风。

完璧金瓯终有日，诗歌王化九州同。

毛主席忌日有感

秋风秋雨落芙蓉，独吊雄才毛泽东。

利剑淬毫斩斑虎，长缨擎纛缚苍龙。

文涵夏日熏香蕙，诗咏冬云看劲松。

怀化中坡山上寺，苍生奠祭想音容。

毛主席逝世四十四周年有感

秦皇岛上梦书生，数载年华亦有情。

人听南疆霜落韵，我闻北国雪飘声。

江湖春老三通鼓，洲岛天寒万盏灯。

回望韶山愁暮霭，随风破晓气纵横。

纪念毛主席诞辰一百廿八周年

江南北国玉花飞，银粟琼芳几度违。

冷气销停江滟滟，和光烛曜岳巍巍。

楚天冬雪悬红日，禹甸春风竖赤旗。

远望韶山蜡梅放，幽香沁骨泪沾衣。

纪念周总理逝世四十七周年

千秋德业一完人，恩泽黎元感鬼神。

天寿七旬余雅范，帝京十里失长春。

风流不掩容颜古，日照偏开海岳新。

草木苏来南北发，周公吊祭泪盈巾。

吴尊友先生辞世

陨亡国士恸苍生，履职辛勤绽热情。

白手凝霜灵兽泣，青丝落雪世人惊。

尊民谨药长冬暖，开物谦言暗夜明。

寰宇友邦致哀敬，祝君天阙飨吴羹。

寻梦溆浦拜屈原

屈子辞章万古高，辉天悯恫育英髦。

原夫玉骨撑危岭，稽尔丹心化怒涛。

溆树怀沙哭鹧鸪，洲藤沉雨泣猿猱。

浦帆今日扬千里，四海同声读楚骚。

咏黄忠诚少将

千古风流看锦江，麻阳城里水淙淙。

孟贲再世雄牛伏，夏育重生巨鼎扛。

勇战平津诚第一，智谋辽沈信无双。

舰游大海黄司令，忠荩清如耀故邦。

咏曾育生少将

曾经战海悯苍生，济世悬壶一片情。

品德崇高纾困局，技能精湛疗伤兵。

和风涵养排凶暴，病毒驱除育泰平。

今日缅怀前辈处，春临淑水草菁菁。

咏曹玉清少将

晃县田家德不孤，曹门少将等鸿儒。

孟良崮上真英杰，磨子潭边大丈夫。

义胆入朝驱劲敌，忠肝转鄂辟洪湖。

清风皓月盈怀抱，琢玉农林一琏瑚。

咏向仲华中将

向家祠上大云飞，淑水回环映翠微。

壮岁文宣迎夜月，髫龄课读伴朝晖。

心忠社稷功宜伟，笔点江山事不违。

德并警予称伯仲，荷华故宅冠芳菲。

人生际遇

父亲陪小儿看病

我父今年七十余，顽儿染病痛难摅。

抱头有泪还惆怅，摩额无声只叹嘘。

抓币饷孙甘绮食，捏钱馈己爱山蔬。

几人试问双亲报，感激深恩立德初。

歌古贤

湘中夜雨动轻寒，冷气侵书上笔端。

丽色翕唇销绿瘦，馨香垂目偃红残。

神州水阔诗笺窄，故国山重梦境宽。

且对古贤歌一曲，英才共我济艰难。

悲愤独酌

亲朋笑我太多情，世俗稍乖辄发声。

名利盈身还短视，行囊驮背又长征。

群居雄辩唯茶酽，独坐幽思只酒醒。

一片冰心何处觅，寒风涸露属流星。

次杜子美和裴迪登蜀州东亭 送客逢早梅相忆见寄韵

梦里夜郎黄鹤老，邵州东指望衡州。

人情幻化销原委，物态迁移隐事由。

铁骨附离千种恨，冰心融解万般愁。

宝刀寒气朝天射，云映东风最上头。

茶缸损敝有感

夜烛光斜玉蕊浓，赌书消得几寒冬。

半年瑶草羞姿色，一旦幽兰匿影踪。

人见残缸心惨淡，我观破瓿意从容。

器材全败由缘定，戚戚如何总挂胸？

柴火鸡饭店聚餐

柴火熊熊煮甲鱼，农家小院喜开厨。

高朋美酒醒清士，贵客佳肴餍苦儒。

西土妙音登玉篆，东坡至味印浮屠。

人生何处知穷达，李白金樽问有无。

尝刘理华炒笋慕竹次陆放翁
初夏幽居偶题四首其三韵

逸步冲开世俗围，初尝鲜笋可忘机。

枝柯繁茂仍坚挺，骨节清高不附依。

足与胡杨插膏壤，肩同桉树指玄微。

何时烹煮添红肉，半碗娱亲着彩衣。

车祸劫后余生次杜子美宾至韵

梦来不觉红尘老，一寤偏知万事难。

会死灾中游地府，余生劫后卜天干。

自随菩萨朝方外，岂伴阎罗进正餐。

莫道吉人多福气，先持族谱诵门栏。

代人作情诗

几度骄矜几度狂，阑珊夜色付心殇。

用情似海追三世，置意如云枉一场。

我喜君颜君健雅，君温我语我恓惶。

从今若许孤轮月，半入新诗半雪藏。

处世法

反复思量安俗法，莫如恭谨与谦和。

英雄旷古还安在，才俊空前尚若何？

摩诘华年归净域，乐天暮岁念弥陀。

逢人我愿言禅偈，裁作心头醒世歌。

独赴岳麓欧城三国烧烤坊

惯于静夜问深秋，市道寒灯半闭眸。

三国争雄还激烈，独身吟赋且风流。

杯盘终尽将醒脑，肠胃初蠕已涩喉。

天上仙人琼树宴，云梯接我月光幽。

儿病问药

无端小疾缚儿身，早日安康问药频。

念子孱羸愁湿褥，思亲恩德泪沾巾。

今朝医息虽烦琐，畴曩温余倍苦辛。

舐犊情深传代代，人间大爱咏长春。

对风云

愁对云来醉对风，为人不与世人同。

江河共仰孔夫子，日月同辉毛泽东。

道德懒修三界老，功名疏问十方空。

泥鳅豆腐烹猪肚，酒烤泥炉火正红。

读许用晦下第贻友人诗思及吾过往坎壈因有感怀次其韵

方圆地阁满天庭，幼稚华灯一盏荧。

漂泊东西惊候雁，支离南北叹浮萍。

笔钦渐渐心熏赤，镜怪频频发染青。

一入山城真梦里，余年长醉谢苏醒。

独饮消愁

金樽莫笑只陈醅，对酒消愁醉几回。

窗外寒风吹不去，街边冷雨洗还来。

载歌载舞舒君意，时诵时吟畅我怀。

为报才人多置意，春晖万里净尘埃。

父亲节后见小儿画作

父亲节里还清淡，画作初呈涕泗流。

多日团圆随苦乐，频年迁徙任沉浮。

虑深儒贾三生郁，笑满童离一世忧。

但愿我儿愚且鲁，无灾无病度春秋。

访旧迹

幽情逐梦溯前尘，几处虚无几处真。

石宝访师图族耀，接龙求学济家贫。

二中赏桂敲风急，科大观樱叩雨频。

三十多年数弹指，阑干斜倚望星辰。

行车偶感

年少追风作远游，恍然北国十番秋。

冰心每共诗溶墨，冷梦常从月泼楼。

枯瘦椿枝扶老屋，凋零萱草瘗荒丘。

丹山鸣凤传千里，已在梧枝最上头。

怀杜少陵

梦到三更哭少陵，匡扶社稷总难成。

骞时绝咏千篇韵，孤月寒辉一盏星。

国士峨冠草堂梦，佳人锦瑟曲江声。

心连千载同悲喜，追步先生入典型。

怀化市雪峰书社陪小儿购书
次林黛玉咏菊韵

老夫颓放觉霜侵，坐爱祛尘鉴德音。

于继严君传训儆，便教家子学歌吟。

笔遒扛鼎萌生气，才厚跻贤识苦心。

有道万般皆下品，读书最尚古同今。

回首湘潭求学

春光秀丽数湖南，楚国书香久未谙。

百代文华崇岳麓，四年学士聚湘潭。

樱风细拂晨曦润，梅雨轻飘暮霭涵。

觉道新温传世语，西归不信梦方酣。

睹小儿习书义卖有感

雪峰书店不寻常，怀化街头翰墨香。

刘晏聪明才入室，曹冲颖异甫登堂。

横钩规矩追苏蔡，撇捺模型步米黄。

千古圣贤应许意，湘西俊秀少年郎。

购书《方寸》希化吾刚性次刘后村
送山甫铨试二首并寄强甫其一韵

十五年来付驷驰，心刚气烈辟人司。

容身逞智行多惹，折骨韬光语乏慈。

月没黎明偏锻剑，梦回亇夜便烧诗。

闻言世道传方寸，绕指柔时合素期。

寄友人

正月江南雨压云，春潮涨落动波纹。

龙腾盛世天光聚，凤翥良辰月色分。

斟酒温杯香馥郁，煎茶洗盏气氤氲。

含羞脉脉无言语，一朵梨花绣茜裙。

寒　夜

寒风入户伴无眠，暗送茶香冷夜天。

王母催梅开烂漫，玉皇敕雪舞翩跹。

鲛人念泪濡绡后，鸿雁思书展烛前。

梦醉梦醒还复梦，谁人赠墨赋云笺。

涵冰心

半生将尽望寒天，心路崎岖几万千。

铁血吸风撑老骨，冰心映月照中年。

深山习武朝麾下，破寺闻禅拜座前。

一梦醒来狮子吼，观潮拄杖大江边。

癸卯冬日突降温次陆放翁寓驿舍韵

寒风卷雪动窗扉，冷气涵冰透夹衣。

去国游人偏夙起，离巢野鸭正迟归。

来年似梦添书脊，往事如烟减带围。

玉鹤远飞消倩影，雪峰莘犨久瞻依。

归家乡

曾经仗剑走天涯，一曲离歌惯别家。

白发缠梳悲命局，朱颜辞镜叹年华。

儒行秋雨还斟酒，佛念冬云更品茶。

冀北闽中吟月处，雪峰山麓梦春花。

明太公中医馆

岐黄艺绝鹤城雄，明氏医家记太公。

气色望闻浓淡里，音声问切有无中。

累年咳嗽除汤药，济世情怀等达穷。

市委前方门面阔，晴云丽日借东风。

偶　感

少年负剑上京华，拙笔期生烂漫花。

雨冷侵晨摩客屦，风寒薄暮望游槎。

切偲养正经良友，垂训闲邪自大家。

今我重来何所见，青葱北国满朝霞。

偶有感

谁肯隆冬慰我心，禅堂缥缈古琴音。

正评骨节心机浅，谬赏诗才学问深。

日色清涵明丽曲，月光香满雅风吟。

天伦至乐午关近，欢喜团圆值万金。

看因缘

同向夫妻事不难，西风昨夜傲霜残。

情行笃处冈岩薄，意到深时海水干。

放鹤能承天上暖，栽梅可御世间寒。

中年凭佛寻因果，一世尘缘几世看？

酒店独品茶次陆放翁临安春雨初霁韵

风光夜市隔层纱，往事轻吟趁月华。

满目红灯观野趣，一盆绿意见山花。

同怀厚谊同斟酒，独出浮尘独品茶。

沃灌金兰香馥郁，何须桑梓便安家。

惊闻倪先生罹染凶疾

小院通州觏面初，秦皇岛上读经书。

古贤频晤传常理，大道恒行卜广居。

摘撷断章多诘女，发明片语少非余。

泫然寂默怀君子，天雨祯祥疾渗除。

三问倪先生病情

十年恩德自难忘，频念仁风涕泗滂。

妻子艰难分饮食，椿萱憔悴拂芬芳。

同钦雅乐鸣钟鼓，共析疑文读缥缃。

人事寂寥天命秘，青山郁郁水茫茫。

湘西寒冬怀罹疾倪先生

内蒙草甸雪纷纷，福鼎西昆几度闻。

秋下无波穿古井，春中有节拔新筠。

礼仪涵养熏修细，典籍恢宏校注勤。

我欲飞驰闽江上，祥云太姥集氤氲。

江苏王云林先生推荐书籍

祁东一载识君迟，儒雅风流信我师。

玉骨敲梅梳史鉴，冰心染菊撰文辞。

寻幽圣地鸦归处，觅韵丛林日落时。

想得江淮天厚爱，满庭栀子正葳蕤。

庖 汤

年关最爱是庖汤，父老尤亲硬菜王。

水煮肝丝放微辣，油煎肺片散幽香。

敬茶勿用排班辈，祝酒何须次齿行。

明日登程抱书剑，北风萧瑟动园桑。

猛虎次李义山流莺韵反其意而咏之

老虫毛发色参差，万物丛林力控持。

金豹常逢堪喏喏，黑熊偶遇便期期。

日晴风住休眠下，天暮云飞吼啸时。

我爱生来王者气，化为霖雨润春枝。

梦

梦深梦浅梦将残，泪落青衿湿复干。

每望南天霜气冷，时瞻北斗露华寒。

寻章摘句辰溪过，摘采敷文酉水还。

芍药凋亡春已谢，白莲胜雪会开颜。

梦佳人

佳人饮我半壶茶，白玉匀红透碧纱。

纤指轻分花岁月，酥唇慢启梦年华。

盈盈意重笼朝旭，脉脉情深映晚霞。

无尽阳春暖天地，灵魂安处即为家。

见黄丽老师朋友圈有感

小县中方望接龙，桥头村外野鸡冲。

秋天黄菊空高格，冬日红梅自丽容。

数栋新房挺阡陌，几排老屋卧苍穹。

慎思物理当怀德，雅化农乡颂国风。

立志次龚定盦夜坐其二韵

我家远在鹤城东，崒兀云山睿碧空。

尖墺浮岚腾暖霭，沅江微浪荡和风。

逸群大德歆祠里，惊世名儒肃梦中。

莫笑接龙鲜龙跃，后生浩气贯长虹。

深夜感喟

当年跨马甚逍遥，岁月无情总不饶。

早谢朱颜难磊落，新添白发更清高。

命盘似画悲心涨，世局如棋爽气消。

太姥登临望湘楚，去年文赋亦风骚。

祁东久雨忽晴次陆放翁病起书怀韵

雨霁云销眼界宽，眉头霜气拂风干。

哪愁碧血凝函匣，岂虑冰心置寿棺？

礼记疏研惭玉树，中庸弃理愧金銮。

稼轩妩媚开秋菊，早晚凭栏细致看。

七日未为诗今入冬风狂雨肆有感
次文与可和仲蒙夜坐韵

北风凛冽向天号，万类随冬漫解劳。

兀坐卧房禅意厚，群研教室斗心高。

温存冷冻为雄杰，静听喧哗是俊豪。

门外雨丝凭匝地，纷纭趣我觅绨袍。

叹转蓬

世态纷繁类转蓬，杏坛吟赏客祁东。

黄花可缬循兰里，绿蕙能搴入竹丛。

雅兴常观金榜熟，闲情每解玉题工。

湖湘才气横千载，试问何人是俊雄。

修理厂取车次赵昌父雨后赠斯远韵

阎王殿里曾逃命，往事惊心已褪痕。

豪气无边赢鬼力，壮怀有种夺神魂。

贞观显日登丹殿，洪武微时寄野村。

老子风流诚不减，杯斝濂水酹黄昏。

秋日登高

今秋不与去年同，桂子香飘染晚枫。

岁暮登高惊社燕，年衰赴远笑征鸿。

塞边荒冷临河北，海口清寒落闽东。

大愿凡夫心岂老，高歌豪迈壮襟胸。

情　痴

人间自是有情痴，月满西窗漏断时。

冷看霜华凝屋角，愁闻露气扑床帏。

相思扰扰偏磨墨，孤恋纷纷乱写词。

谁解早春无限恨，梁间乳燕故参差。

弃置世人妄议

清评谁弱又谁强，亲友喧嚣议短长。

实学何如虚学劲，内才岂若外才光。

牡丹富贵黏香梦，篱菊冲和覆凛霜。

愿驾风云随化去，春醪酣醉六千场。

生日即感

湘西三十几年前，业力堆身坐谪迁。

沅水波涛连海曙，雪峰雾霭接云烟。

虚冲此日名非重，粗鲁曾经德不贤。

千古文人同寂寞，何如经诵拜诗仙。

向怀化市文联捐书

文章传播千秋事，继晷焚膏我著书。

草屦割苴甘瓮牖，缊袍煮藿餍茅庐。

逐奢养慧诚难乐，尚朴安身信不虚。

但愿箴言留子嗣，韶华好趁莫踌躇。

向晚静思次毛主席有所思韵

正遇湘天晚照时，西园不复旧繁枝。

泛舟题海年华老，走笔诗丛岁月驰。

穷寇冥顽将息鼓，义师骁勇定搴旗。

微风拂面吹头白，散步操场有所思。

消夜次刘后村宿千岁庵听泉韵

雨洗山城屋滴泉，与兄消夜御孤眠。

浮生洇墨听皴画，往事流江看坐船。

蹇路长行安落泊，明时小聚惜团圆。

新弹锦瑟铮铮曲，月照清如四十弦。

携妻儿体验龙王峡漂流兼拜会泰水内弟

南漳县里龙王峡，激浪漂流四海闻。

危石点苍青雾聚，茂林滴翠碧云分。

客惊连壑天声殷，舟骋群滩日色曛。

太白愿随松下迹，轻抛世态语纷纷。

辛丑年回眸当年高考有感

青春回忆言高考，相隔于今十七年。

课伴孤灯疲易睡，考逢冷雨倦难眠。

遨游辞海常迷楫，翻检书丛每绝编。

寄语寒门娇贵子，科场奋战换新天。

无题次李义山同题诗重帏深下莫愁堂韵

愧无珠宝耀厅堂，清苦还嘲岁月长。

勤勉原非豪族子，寒酸总是薄情郎。

书销酒韵浓茶韵，剑散花香郁墨香。

夜雨龙吟不能卧，百年难得醉猖狂。

戏犬子次陆放翁醉中出西门偶书韵

塾堂课读总无寥，才浅何堪任国朝。

数学解题频蹙颢，语文写句偶伸腰。

东山咏日嗟疏阔，北海扶风叹阻辽。

愚笨从来坐平稳，几人青史誉天骄。

参观湘潭大学出版社次李伯纪小溪韵

伟人风采驾天明，簧府巍峨仰猎缨。

满社芳华闻玉振，半城昌懋响金声。

材辉楚国雄名重，学养湘江碧水泓。

我自湘西来负笈，一声长啸腹中清。

新书发布有感

多年辛苦不寻常，岂惜微躯蠹缥缃。

笔引游人通隘道，书成行旅示津梁。

权将卷味当茶味，甘把梅香作墨香。

五彩野鸡冲日羲，接龙镇里有龙翔。

新书发布会次陆放翁忧国韵

一去湘潭十六年，载书望踏泰山巅。

身贫志富由来是，才浅行深自古然。

冀避小名素忘却，为弘大雅备牵挛。

文章得失连方寸，唐宋骚人到眼前。

勉励外甥勤奋上进

苦读三年已出师，星城栀子满香时。

知恩图报初符望，感德思传甚合期。

肇庆辛劳回我运，湘潭艰苦奠君基。

鹏程万里从今始，回首家山更秀奇。

唐服次陈履常和南丰先生出山之作韵

一袭唐装气色明，幽香沁骨润风清。

丹心是古朝贤志，白眼非今悖俗情。

顺境抚琴安竖子，逆流拔剑啸书生。

老天应我文如铁，人到中年要腥鸣。

杂感次柳河东柳州城西北隅种柑树韵

长艺灵台梅一株，清芬峭节厉廉隅。

身安方外亲仙泽，居卜云端辟俗奴。

倚马才低盈瓦釜，探骊囊瘪乏珍珠。

寻常觅道凡尘里，弥性空空亦丈夫。

再有感

昨夜西风落冷霜，独听断漏梦天长。

顺延香阁愁妃子，治入空门苦帝王。

蚱蜢轻飘悲草绿，梧桐萧瑟瘦花黄。

寒梅斗雪偏无意，回首今时更渺茫。

再撰无题诗

如烟往事梦无边，虎啸牛行又一年。

沅水波深情款款，辰溪湍浅意绵绵。

茶陵雾绕观花艳，稻镇云飞赏月圆。

一盏流华浮笑靥，雪化片片落心田。

杨村大碗饭食蕨菜鲜笋次刘后村老将一首韵

怀化杨村农郭近，春温频酿野蔬新。

干椒久焙香长脆，嫩笋轻烹味最真。

俗乐听初思管磬，禅经读罢恋荤辛。

一盘蕨菜清欢在，不啻闲人换雅人。

夜有蝗虫访我次杜子美客至韵

相交子亥余长夜，忽有蝗虫访我来。

锋锐齿唇推户入，玲珑触角探窗开。

王公餍子魁争斗，市井烧君佐酒醅。

唯我最怜灵性者，自然飞去斝金杯。

独品夜宵

夜阑漏静听蛙鸣，仰望苍穹待月生。

茶气渐消闻酒气，雨声将断噪人声。

半盘瓜子浮鸿业，一碗尖螺煮爱情。

多少盛年名利客，沅江堤上怅然行。

夜　宵

小镇安江漏亥辰，携儿消夜乐天伦。

肉肠炒饭香留齿，瓜子冲茶脆触唇。

鸡蛋清欢超海货，面筋厚味胜山珍。

老儒身外无他趣，弃置浮沉与富贫。

夜过学校花圃见茶梅凋落次林和靖山园小梅其一韵

鲜香秋后寻何处，凛气寒霜覆校园。

竟尔幽香嬉晻暮，居然绝色闹冥昏。

杜鹃神采曾萦梦，石竹风姿又绕魂。

回首朱梅洒红泪，北风过尽举彝樽。

自题小像

家在湘西最远村，雪峰山势入黔门。

父徒赠我文人貌，天枉贻余武将魂。

弱手常希摩日月，雄心辄欲纳乾坤。

千回百转情难改，半世芳华酵故园。

印刷拙作《四字鉴略浅释》有感

休言拙著显才情，久寂文人大雅声。

同学热心愁出息，教徒冷眼笑修行。

不求商海曹王利，但慕诗坛李杜名。

古往今来多少梦，人生底事算功成？

淫潦积郁有感

一天烟雨锁江南，绿杏莹莹翠柳氄。

市井楼台唯混沌，农乡阡陌只渟涵。

弥旬鱼子生鸡栅，经宿龙涎滴佛龛。

我劝玉皇当醒酒，云神谕敕放晴岚。

咏梅次曹翁访妙玉乞红梅韵

云镂寒宫倚月裁，清香颤袅出蓬莱。

一秋稔岁思篱菊，半幅生宣认墨梅。

卢钺感怀偷韵去，林逋起兴送诗来。

明年姿态称奇绝，听任纤枝发绿苔。

咏家世

胄出弘农世姓杨，家贫与俗共低昂。

霜摧菊蕊冲幽泽，雪压梅枝隐淡香。

春岭惠风经雾锁，秋江清月被云妨。

他年必可潮头立，国势昌隆盛未央。

咏柑橘

黄满山坡翠满畴，今冬橙果庆丰收。

薄皮细腻摩肤滑，醇液甘甜润口柔。

贺寿堪教龙眼愧，拜年敢使荔枝羞。

西园植树三千棵，老迈耘锄不咏愁。

远别赋诗赠所爱

寒日山城登顶楼，闭门酌酒正消愁。

相逢圆润江中月，离别凄清水上舟。

词客天边情款款，伊人梦里意悠悠。

何当携手耕桑梓，不负尘间恩爱游。

游异乡

遥望湘天万里秋，羁从漂泊不胜愁。

比邻财曜拆迁主，同学名跻货殖酋。

福寿模糊空上下，运程跌宕自沉浮。

亲朋消息催鸿雁，向晚时分更上楼。

与出版社签约次戴式之
题泉州王梅溪先生祠堂韵

七月携书赴阙廷，燕郊日暮晚风轻。

唯图志气村中著，岂欲文章海内惊。

俗噪尘浮挥手笔，夜阑人静奏心声。

长愁年月吾追蹑，薄纸宣情付一生。

雨

老夫淋雨喜将狂，甘露初冬润八方。

飞洒屋檐仅涓滴，漂淋渠堑已汪洋。

江南嘉澍忻无渗，塞北琼花贺有祥。

泽满洞庭湘楚富，撑舟沅水到家乡。

自嘲·其一

书生意气我非狂，秉笔时为峭崛章。

短语盲从终是卒，独行特立自为王。

陆游卓荦千秋美，苏轼雄奇万古光。

细读前朝青史策，几多文士啸苍茫。

自嘲·其二

才深才浅不相干，笑傲江湖世路难。

傻愣心迷诗律紧，痴呆眼醉酒杯宽。

青云怜我清如蕙，白鬓欺余洁愈兰。

一剑劈开雪峰月，山城千里尽琅玕。

自嘲·其三

腹有诗书气自华，我闻此语却咨嗟。

庐微膊腐横风凛，室窄檐稀渗雨斜。

丘壑寒能修菊蕊，陂田冷可树梅花。

逢人若问囤年货，笑对芦蒿煮笋芽。

自嘲次苏东坡送子由使契丹韵

人间误作老儒身，长恨泥团溅袖巾。

哪合醒时驱虎豹，唯从醉态伴龙麟。

消磨心上千盘月，吐纳胸中万斛春。

残梦久违林黛玉，凭谁唤取惜花人。

再自嘲次李正已题故将军庄韵

素笔何曾气象干，王孙车马饰雕鞍。

苍颜极理耕文苑，皓首穷经课杏坛。

物态迁流方晓易，人情辗转始知难。

夜深霜冷诗初就，分付微光仔细看。

赠祁东县曾梦娇老师

曾诵诗篇万里遥，大江东去念奴娇。

忍为寒俊堪书获，甘做佝偻用捕蜩。

常梦丹青画麟趾，频怀翰墨赋龙雕。

感君是我舒襟抱，衡岳寻幽看瑾瑶。

长　沙

奔驰百里到长沙，岳麓山中缀晚霞。

橘子洲头风淡沲，天心阁外景清嘉。

新闻实训辞生彩，旧典潜涵笔发华。

楚国芙蓉先秀处，三湘入眼尽春花。

寄吾气节

醉酒欣空万事悲，人情梦里爱清奇。

竹中骨节明方拔，荷下容颜暗始知。

自许薄才容蹀躞，人称寡德枉驱驰。

何妨寂寞邀前哲，啸傲长天会有时。

重重相思

相思相望不相逢，此恨绵绵昼夜通。

泪落眼枯天地老，文幽意隐古今同。

聚离忽忽轻藏迹，来去飘飘杳息踪。

梦醉音容春色秀，梦醒山水万千重。

食猪肉

我本农家大老粗，寻常饮食众人殊。

寒深年尾添炉火，香远猪头佐野蔬。

举爵通筋多茗莽，寻杯活血少屠苏。

劝君莫笑无仪范，率性行藏胜腐儒。

正月初三访高中母校

铜湾镇甸数辉煌，水陆交通控四方。

一县英才鑫浩瀚，二中学府矗汪洋。

勤推事理希宏略，乐读诗书慕远航。

师德巍巍每瞻仰，人生行处谱华章。

夏日遣怀·其一

临窗夜望觅芳华，阡陌环江静听蛙。

细露濡心闻唢呐，微风拂意奏琵琶。

青年赴北羞怀国，壮岁回南愧孝家。

不见红颜春梦老，消愁还饮碧螺茶。

夏日遣怀·其二

江南四月落芳菲，暑气熏人扑帐帷。

对弈闲思池鳝硕，煮茶泛忆草鱼肥。

犁耙厚重蒙晨雾，牧笛悠扬浴晚晖。

感我孩童农舍乐，红尘羁绊久相违。

杏坛吟哦

高考后学生及家长送感恩

三乐箴言思孟子，杏坛多载育英才。

涵心自若云中雁，养气当如雪下梅。

务赏江河巡泰岳，当瞻星斗访蓬莱。

劝君极目看天日，锦绣春光万里来。

曾同学捷报

新湿诏黄鸦字秀，湘天一夜报祁东。

轻歌虽颂今朝达，苦读犹恩昔日穷。

杏苑觞师千古德，书山折桂十年功。

近来我意将封笔，闻子题名胆气雄。

遵师海备完高一上下两册语文教材

七月风来火焰山，静修茅屋惜尘寰。

翻书辨义堪为乐，息念寻微岂计艰。

杜子流离型圣哲，孔徒侍坐订愚顽。

功夫勤练须持久，翌日疏通任督关。

遵师训永州备课有乐

不碰桥牌不钓鱼，暑期爱读教科书。

秦观才气烦悄解，鲁迅文风潨热除。

益友深谈求至理，淡茶慢煮品鲜蔬。

人生有乐君须悟，打扫灵台筑广居。

感怀学生尊师

墨题高考尚余香，奋斗青春不散场。

今日直飞能九万，当时只说属寻常。

梦温坎壈扶桃李，势接风流到汉唐。

笔若有情应遽老，诗文正道是沧桑。

学生及家长报喜

喜上眉梢缘底事，频传捷报慰吾心。

一年郡永情怀厚，半载成章感慨深。

常树芝兰酬志向，勤浇蕙茝付光阴。

湘天节令宜生物，育得江南万亩林。

赞郡永高中部教师

讲诵诗书每下帷，郡园绛帐自纷披。

凌空云卷梯梁直，彙夜风寒烛泪垂。

排阵良驹欣骏驵，柱天大木喜葳蕤。

秋来景致山城秀，烂漫芬芳醉桂枝。

再赞郡永高中部教师

郡永名师有义方，栽培怀化好儿郎。

夙兴备课披炎暑，晏息巡逻履凛霜。

玉琢千回呈市贾，鹰飞三载入天翔。

回眸蜡炬焚身处，月色如银洒缥缃。

参加郡永高三学生成人礼

郡永青春不散场，少年执笔撰华章。

吟来壮志千寻阔，绘出豪情万古长。

歌唱传奇最沉毅，花开栀子更清香。

扬帆巨舸巡东海，始发山城潍水旁。

高三联考分析会

尖兵郡永莫徘徊，锦绣前程为尔开。

笔指天边铺路去，书攀山顶架梯来。

附庸风雅当时笑，狼藉声名此日哀。

我辈襟怀当勇毅，必登五岳最高台。

郡永高复月考龙虎榜

年少情怀值万金，芳华拼搏惜光阴。

孙康恨雪明难继，车胤忧萤亮不任。

书读三冬颜矍矍，神交百代色惜惜。

飞驰日月勤鞭马，墨咏乾坤白古今。

感葛民彬于办公室鼓励

葛氏爱言彭学明，湘西彩笔是精英。

民胞物与三千界，缘灭因空九万程。

彬彧交谈行借酒，赳桓立誓为骑鲸。

行人阅毕爹娘德，溇水东流日夜声。

高一语文公开课次杜樊川正初奉酬歙州刺史邢群韵

晃山风色映江斜，融熠人文尔大家。

蒲钰坐云诗压竹，柴棚望月笔生花。

机锋敏睿超规矩，学海深闳渺迹涯。

自古杏坛三尺地，歌吟燕骏有年赊。

观郡永初中部硬笔书法展

人性开明源识字，少年书道有乾坤。

横平竖直忠廉本，撇顺钩弯孝悌根。

绮李律诗笺染色，柔秦词阕墨留痕。

英才正气擎椽笔，壮我中华国学魂。

执教于怀化郡永学校次刘随州送卢侍御赴河北韵

中年渐盛故乡情，阔别良朋却远行。

梦绮酬诗梁苑咏，春深秉笔郡园耕。

风翻江海鱼龙跃，雨润山丘草木生。

骑马诸君何处去，赏花醉饮在边城。

怀化市郡永实验学校运动会再入藏头诗

永图勋烈新时代，立教弘文数一流。

通达辉煌魁楚国，超凌璀璨冠神州。

长怀大志书宏略，独有豪情策远筹。

郡学秋光添景致，青衿溢彩靓双眸。

郡永高三年级组每日提供水果慰问教师

夏到人间水果香，十分燠热化清凉。

荔枝壳硬涵甜汁，桃子皮酥渗蜜浆。

山竹晶莹醒涨脑，菠萝鲜嫩润饥肠。

葡萄一粒神仙醉，甫自乘风出北疆。

郡永高三语文组聚餐次吴子华子规韵

夏临灉水壮惊川，怅逝芳华又一年。

月下闻禅疏晻霭，诗中读史隔轻烟。

酒濡唇化千峰雪，茶润心浮万国天。

明日芸庐访文迹，倩谁问路买篷船。

夜闻高铁飞驰有感
次李义山锦瑟韵

窗前高铁奏心弦，驶越中年梦少年。

秋淡异乡悲落雁，春浓故里恨啼鹃。

帆漂韵海流寒气，犁竖文田散野烟。

我自深情不关世，南山岸帻醉悠然。

郡永福利次皮袭美送从弟皮崇归复州韵

玉食饔飧过大年，甘甜水果敌炎天。

神宁必可高情至，心静何须俗事牵。

度曲间忙从白石，写诗趁暇问青莲。

相邀益友登高日，炊爨山林更煮鳊。

郡永高复部学情摸底考试
次林和靖湖上晚归韵

胸中丘壑水云清，笔底江山秀四瀛。

黄榜名新辉日丽，丹心文典映天晴。

良师学海欣匡导，益友书山喜迓迎。

长郡才人续风骨，五溪泽畔咏金声。

开学首日

南风拂面正秋高，黄菊飞英落客袍。

力振衰才修讲义，强扶病体读诗骚。

香烟半卷消尘累，浊酒三杯解事劳。

薯味从来沃乡土，青松万丈出蓬蒿。

母校吴广平教授操心吾文集出版事宜

吴家至德号祠堂，泰伯贤名万古芳。

广纳英华通物理，精研典故注诗章。

平和接世培忠厚，恺悌交人育栋梁。

敬我师尊多顾恤，回眸感慨泪滂滂。

受母校吴教授指点有感
次王半山寄平甫弟衢州道中韵

湘潭作别蝉凄切，漂泊江湖岁月长。

每读苏诗颜鉴玉，频吟屈赋齿流香。

笔描紫府权沉静，墨润丹田且愈伤。

大爱先生劝冬日，春风习习暖身旁。

聆听张桂铖老师登高公开课

子美尊名青史著，登高意韵到今传。

夔州落木悲才俊，唐国斜阳叹圣贤。

容膝小舟徒有梦，安心大道合无边。

先生授业开生气，诗卷光华照大千。

李娟老师英语作文公开课后与吾谈及作文

中文英语道相通，执笔常书技不穷。

我腹空空无贵物，君心皎皎有神工。

审题辩证宽今义，造句清和阔古风。

勤写覃思多改易，行云流水自葱茏。

李老师为学生书写祝福语

金榜题名众所期，重来负笈正逢时。

东风袖蓄熏香蕙，春雨瓶储灌玉芝。

鲤溯江河图跃进，凤栖桃李欲飞驰。

嬋娟大府拿云日，冉诵花笺锦绣词。

赠李娟老师

李易安才万古传，今人细读有新天。

娟娟秋后黄花秀，袅袅春中翠柳妍。

一化魂飞愁雾霭，千寻梦瘦渺云烟。

流风遗韵思南国，冬牧场边悟永年。

湘大教授宋德发先生莅临郡永学校授课

湘潭大学蠹莲城，巨擘英才有令名。

鸿业恒辉泽瑜瑾，德音频发润瑶琼。

雪峰日杲云天澈，沅水流清草木荣。

宋子庄谐能并擅，下帷郡永气纵横。

刷题次刘后村老将韵

诗书执礼皆言雅，圣论如光万古新。

阿俗辞章终是假，求公演说即为真。

屈原问道盈忠悃，曾巩弘文备苦辛。

开卷夜中灯下读，清风吹醒后来人。

刷题次王半山读史韵

笔耕题圃亦艰辛，自古隆寒塑铁人。

敢辩大牛时去伪，能然小犊偶存真。

唐朝诗赋权提气，汉代文言且振神。

掩卷覃思寻尘拂，山城尽处起清尘。

刷题次刘后村落梅韵

几何腹笥最牵肠，每见方家即负墙。

唯有狷狂夸草莽，何来才气傲潇湘。

频回题帖文深涩，偶洒诗笺墨浅香。

夤夜残灯读风雅，酒酣胸胆甫开张。

赴湖天中学送考回顾人生路

高考回眸二十年，寒窗苦读每争先。

穷乡僻壤书铺路，大海长江墨画船。

骨耿寡言余素底，肤干多梦剩华颠。

近来颇爱参空学，退后观天亦向前。

为高复部学生撰写嵌名诗

窗前桃李自芳菲，十四年来每下帷。

义理育新常合道，诗书教古辄忘机。

艨艟卷浪朝中入，鸿鹄乘风向上飞。

秉笔为歌赠英俊，摘星跨海莫相违。

魏明强老师赠油糍粑次王逢原秋日寄满子权韵

辰溪酉水绕丘林，魏子存余友谊深。

鲜狗几斤添暖煦，油粑数只减寒阴。

下帷起敬燃红烛，上考开诚鉴赤心。

几记讲筵襄助义，此情可待谱瑶琴。

闻师傅眼睛手术与王洁前往探视

当年踔厉入曾门，謦欬亲承语气温。

一日为师怀博学，终身作父念深恩。

题含歧义频相析，卷杂新风每共论。

欲写小文书感慨，云天仁望已无言。

同事赠耙耙柑次陆放翁寓驿舍韵

珍馐天帝出灵扉，绿叶黄皮裹絮衣。

啖肉精增骑鹤去，啜浆疲释挟仙归。

教餐蔬果添肝气，赖食生鲜减腹围。

自古夜郎多药石，寻常山味自倾依。

营造班级高考文化氛围次李太白别匡山韵

天资禀赋叹参差，苦读英才见首垂。

簧府高门辉月伴，兰台危塔映星随。

终身拭鉴游尘海，三载挥毫洗墨池。

学霸湖湘安有种，青春逐梦正当时。

一轮复习研讨公开课次白乐天
初罢中书舍人韵

高复课堂书卷味，轻敲古韵作甘餐。

词评物理驱浓倦，字蕴人文御大寒。

益友提携情不易，名师襄助事何难。

可堪青岁回眸处，勤读中宵不闭官。

与高中班主任杨茂林老师小聚

山城初雪霁冬宵，劝属恩师慰寂寥。

一钵阳春凭酒长，半张块垒借诗浇。

浮生冷瘦千夫独，幽梦轻飏万古遥。

多少尘间悲喜事，还听窗外北风飘。

有感家长咨询作文

锦绣文章承妙手，审题立意必深思。

言之有物多观点，发以无形少丽词。

学贯古今神静邃，才联中外笔飞驰。

续篇仿写欺吾否？歌咏韶华正合宜。

咏郡园锦绣杜鹃次杨契元莎衣韵

颜如锦绣着红衣，风致春归正得宜。

都爱鲜花传馥郁，谁怜英蕊落纷披。

早莺蜜语晨曦处，乳燕斜飞夕照时。

尤物人间诗阕咏，温存熨帖记渠伊。

应黄同学要求国际禁毒日作

初尝毒品暂销魂，苦泪余生洒满盆。

仙阙飘扬身袅袅，泥潭趔趄脑昏昏。

赀雄挥霍开贫窟，体健奢糜落病根。

寄语丈夫当自重，莫成鬼蜮蚀乾坤。

高考前宣讲会

语文看我夏红良，慷慨陈言有主张。

博引旁征经取舍，探幽索隐自行藏。

半生履历沉沉重，一段诗词苒苒香。

对月举杯展怀抱，重回十八少年郎。

阅高复部四种语文作业
次罗昭谏东归别常修韵

详批课业入文中，大道南边小阁东。

松待凌霜矜骨直，梅须对雪画唇红。

竟难荒弃酬分力，势不唐捐惜寸功。

晚步郡园多雅兴，寻常颜面拂轻风。

诗词发朋友圈

蝼首蛾眉玉指葱，回眸顾盼小芙蓉。

红颜婉润桃枝雨，青发柔摇橡树风。

隔代萧条原易变，乖时冷落本难同。

知音无价谁人解，对月何妨醉万钟。

长郡中学李智王宇二师授课

风流长郡百余年，辈出雄材傲楚天。

炽热丹心扬剑气，斑斓青史著诗篇。

人梯劲桦缘高蠹，蜡炬微光照远燃。

澎湃沅江汇湘水，芙蓉万朵更鲜妍。

长郡二模读戴式之诗论十绝两首有感

物华千古在文章，不世英才出玉堂。

肯捵清辞追典雅，甘擎椽笔扫蛮荒。

宜陈宏志书中正，岂惧凡情笑狷狂。

最陋随人拾牙慧，还言皇帝着新装。

评甲辰龙年高考作文

高考作文佳手撰，雕龙错彩笔生花。

人工独秀歌英俊，科技超能颂物华。

思索存真悬杲日，交流去伪揭轻纱。

常新气质翻经典，宇宙穷知岂有涯？

遵师诲阅读中外文学名著

梦暖寰瀛渡庆云，星光璀璨映人文。

鲁曹笔健才雄子，孔孟行仁厚德君。

千面优柔情聚类，百年孤独美超群。

诸篇仿写能持久，学霸堪为不世勋。

咏祁东成章

祁祁学子爱戎装，六月挥毫秀考场。

日照东山鸿鹄鬻，月辉北极大鹏翔。

明堂赏器为瑚琏，衡岳培材作栋梁。

楚国从来多俊彦，更逢盛世谱华章。

2102 班学生渐入佳境

洒扫庭除面貌新，学堂宿舍净无尘。

精研数理欣连夜，熟读诗书喜及晨。

丹桂敲窗香做伴，红梅探户苦为邻。

少年骑射追鸿鹄，回望乾坤一段春。

2102 班英语老师张思思授课风采

张柳风华德艺馨，彬彬儒雅语清灵。

思花思月逢青岁，歌梦歌春正妙龄。

蔡琰修书方窈窕，班昭撰史自娉婷。

环游欧美回中土，前导生徒赴北溟。

同事聚餐

人生得意几时能，怅恨今宵不永恒。

志气相投寻益友，情怀互映觅良朋。

鲜鱼煮肉香风散，肥鸭烹螺热气腾。

权贵虚名乌有甚，清欢浅醉阔胸膺。

2102班数学老师授课嵌其姓名作藏头诗

寻寻百度又千回，宿德祁东自鲁来。

克取学魁培俊杰，定攻考霸育英才。

柱梁引凤朝天竖，楹栋盘龙向日开。

学子莘莘图进取，九州四海唤风雷。

藏头诗咏2017班毕业晚会

艺苑娇花绽舞池，香薰丝竹响参差。

考题小试猜诗谜，笔法新修颂祝词。

必有丹青描锦绣，岂无朱紫赞祯祺。

胜于岳麓朝书院，放榜传胪更展眉。

高一年级期中聚餐

长安酒会属良辰，玉钵银盘列八珍。

细脍传刀分鸭舌，慢烹递碗切猪唇。

留余琐事休欢浅，赠汝冰心且笑频。

筵罢风吹香漱齿，高歌一曲长精神。

方红老师公开课教授杜工部客至诗次其韵

闻说先生裁绛帐，群儒雅会赏诗来。

精微义理随文显，壶奥风神伴字开。

巧剪秋云披黻黼，细斟春水饮酕醄。

高朋贵客期谈宴，暂品清茶劝一杯。

感恩高一（2）班家长

人生无处不相逢，缘去缘来莫罣胸。

三月融和参悟浅，一朝离散感怀浓。

霜凄自可评幽菊，雪凛方能验劲松。

口出鼎山开丽景，英才满日秀祁东。

湖南省高考语文专家马继德老师
莅临祁东县成章高中举办讲座撰藏头诗

马家泰斗重人文，长郡青天起大云。

继往学林看颖悟，开来艺苑视精勤。

德行卓荦经超类，才气雄浑雅奕群。

赠我一枝鼠须笔，湖湘驰骋胜千军。

次杨景山寄江州白司马韵兼示杨景山

佛经妙义谁能解？儒子喧呶说有无。

养德化疵擎玉麈，修身洗垢敬香炉。

人生春暖终趋尽，世事秋凉且伴孤。

千百年来同一梦，莲花深处是归途。

湖师大附中

师大附中名气盛，光华炜烨曜星辰。

大江浩荡千年韵，古木葳蕤四季春。

政治导航唐海燕，语文掌舵李湘滨。

我来鸣炮逢时节，势震苍天响绝伦。

购进中国古典文学丛书奖励学生

往圣先贤著训箴，老庄孔孟有黄金。

兵医精赜开天地，文史恢宏耀古今。

李杜诗篇怀玉骨，班张辞赋动冰心。

寄言学了勤求道，海阔山崇感素襟。

家长留言

数年传道赴祁东，锦绣天光紫翠红。

鬓鬟成章骐骥奋，檐枋焕彩栋梁雄。

已多孟母心头热，唯少朱熹耳内聪。

明日云开衡岳秀，湘江澄澈发朦胧。

为张思思老师庆生

相逢何必曾相识，此语源由白乐天。

雅致分茶思赏曲，素心沽酒念张筵。

骨煎文火经唇脆，鱼滚高汤入口鲜。

三爵再思青岁永，明年花月更娇妍。

高二月考卷有王介甫愁台诗次其韵

苍凉北国梦黄沙，几度南乡念故家。

焦柳蛇蠕形甚直，湘黔龙跃势微斜。

雪峰危石还吟叹，沅水清涟又咏嗟。

莫管芳年迟暮近，佳人幽约探山花。

祁东县成章高中体育健儿风采
次苏子由蚕麦二首其一韵

成章体育天行健，跑跳投操育大人。

运动风姿飘尔秀，习文精气焕然新。

茧皮哪管缠双足，汗水安辞淌一身？

自古祁东才俊盛，并馨德艺震芳邻。

祁东县成章高中运动会高一年级
方队次毛主席长征韵

高中学业几多难，体育强身有逸闲。

跑步拉筋超药剂，投球壮骨胜汤丸。

呼声震地祛严冻，汗水飞天退酷寒。

万里长征今再诵，夺魁风采喜开颜。

祁东学子高考结束与吾联系

执教祁东尽两年，已同学子结深缘。

当时苦读清寒岁，今日欣题锦绣篇。

少阅网文离陋俗，多翻典籍伴高贤。

畅怀肖物思家国，皓月当空照大千。

祁东县成章高中第四届运动会开幕式

十月祁东菊泛黄，健儿竞技看成章。

挺胸阔步风神奕，奋臂舒颜器宇昂。

万马飞奔腾草甸，千军检阅震沙场。

他年春日芳华盛，才气干云誉楚湘。

祁东县成章高中高三联考放榜

高三学子誉成章，十月祁东桂馥扬。

骏马腾蹄耀衡岳，大鹏展翅震湖湘。

考场走笔能称霸，课室攻题敢命王。

明日骑鲸天下壮，少年意气赋辉煌。

祁东县成章高中高三期中考试放榜

学子挥毫意气扬，祁东庠序看成章。

焚膏戢智通坟典，秉烛专心读缥缃。

三载默名轻贡院，一朝占榜重科场。

请君试看衡山月，文竹花开醉浅香。

祁东成章唐同学留言

炎夏蝉鸣恨昼长，读君微信倍清凉。

俗人莫结行津渡，典籍常翻煮药方。

勤练捏针终刺绣，深思出口竟成章。

一壶冰雪亲携去，阵阵诗香溢锦囊。

祁东县成章高中高一年级学风浓厚

成章学子正青春，向善氛围更绝伦。

希圣储能轻富贵，慕贤养德砺清贫。

启程安可言犹豫，赶路何能问苦辛。

北海东瀛怅寥廓，风鸣玉露梦星辰。

祁东县成章高中学生特色阅读课

书中可筑黄金屋，往昔贤人已定论。

探取骊珠循古道，观瞻玉树叩新门。

性天有极能求本，学海无边可溯源。

秋水春风真雅意，凵间笑看人乾坤。

祁东爱徒雷佳沁考前咨询

鹤城梅雨锁胸襟，望远登高力不任。

风物萧条情郁郁，弦歌激荡泪涔涔。

恩师尊我惭夫子，良骥呼君喜国琛。

且听惊雷沁衡岳，拿云佳手护冰心。

祁东成章高中举办高三学子誓师大会

成龙化凤青衿子，六月诗文冀一鸣。

章法谨严崇雅气，旨归深邃尚高名。

榜传杏苑书雄杰，花艳庠黉赏俊英。

魁首湖湘真勇士，东瀛踏浪喜骑鲸。

两学生贻我含片以治嗓

曾梦北溟寻俊杰，鲲鹏击浪每惊魂。

英风欲拟乾坤卷，壮气行将海岳吞。

足胃紫珠贻故友，喙衔翠玉赠王孙。

云中雁阵排箫鼓，奋翅清吟便泪奔。

学习贾善运老师课堂艺术

贾氏文才高八斗，三分潇洒自天成。

善心鉴海容冰洁，古道流风醉月明。

运笔何妨冠瑱弊，凝思不碍酒杯倾。

南园修竹二千挺，叶戊光清水一泓。

学习贾善运老师公开课有感

贾生才调炫成章，博古通今语意长。

善导孔丘追圣远，义崇韩愈说师芳。

运辞引赞雕瑚琏，秉笔行诗赋栋梁。

雅望鸿儒育桃李，他年鲲化理家乡。

应邀参与小学部语文教师经典范读大赛

红黄紫绿萃文华，经典飘香沁桂花。

巾帼豪情宜煮酒，才人雅趣合烹茶。

江南濡雨千杯露，塞北凝霜万斛沙。

喜看诗魂弘国运，秋风吹远到天涯。

语文组彭丹老师公开课
授杜甫登高次其诗韵

莫听秋声拂夜哀，且随杜老大唐回。

衣冠楚楚携书入，举动盈盈染墨来。

馥蔓紫兰浮课室，香飘丹桂涌窗台。

彭彭学子怀家国，诗赋传情夺奖杯。

赠汪同学

夏日山城树欲燃，尤思冰雪撒心田。

雁飞衡岳衔金笔，龙啸沅江吐玉笺。

信道亲师怀远志，乐群敬业颂华年。

君将负笈朝科大，寄我明湖一朵莲。

祝福学子高中

少年大志启新航，红日东升照万疆。

祁水涟漪题作画，衡山峰岭赋成章。

曾经雏鸟方轻跃，今日鲲鹏更远翔。

共盼芝兰千亩盛，雄才高中报家乡。

作文获奖有感

初阳阅榜慰孤寒，苦读当年梦笔端。

义溯中庸崇雅正，字源尔雅解纷繁。

苏辛文墨江山秀，李杜诗篇宇宙宽。

永夜馨香消浅睡，于无人处赏幽兰。

安江镇各社区党员赴华清高中学习党史

回首当时国运难，黎民无处置身安。

英雄问道苍天瘦，俊彦求方大地寒。

万国初朝唐典故，千邦重拜汉衣冠。

百年党史经风雨，华夏神州颂阜繁。

备课品陆放翁诗有感次其韵

自许书生可掌兵，疆场杀伐写峥嵘。

八年冀北容颜老，两载湘西意气倾。

人字端庄希半撇，王文严谨缺三横。

舟行猛浪冲沅水，必见沧溟万里清。

吊北大才女张培祥

九重碧落降芳身，凋谢犹闻字里春。

可向西天朝古佛，莫回东土作新人。

红楼大话才飞霰，赤胆轻摩笔抖尘。

千载难逢李清照，林家黛玉伴丰神。

编辑文学社刊物《文耀华清》有感

犹然前世拜文殊，错转今生慕大儒。

易学陆游轻举剑，难逢王勃勇操觚。

枉从商政求穷达，漫向经书叩有无。

攒力编成报刊乐，紫薇香染素秋图。

次张文昌诗韵

问道人生何所似，法师寂静复空瓶。

倒驴赏月从精舍，顺马观花过驿亭。

晨旭滤烟思岁老，夕阳剪影梦年青。

唯能歌曲堪浮乐，不必求人侧耳听。

藏头诗咏华清

洪雅才谋百世功，江山风月画图中。

华章利物称英杰，清德怀民作俊雄。

学品端严熏芷若，校风齐整沐芙蓉。

奋身挺立潮头上，起坐韶光太急匆。

高二（2）班小年清欢

一岁悠悠到小年，灶神执牍诉皇天。

浅堆杯盏藏深意，新贴楹联改旧篇。

炉火添红春有信，葱花泛绿福无边。

神州万户千家乐，百卉争香景更妍。

分析怀化市二模作文次同套试卷张子澄诗韵

文章无法自徒然，春水行程任走船。

笔底波涛腾雾霭，胸中丘壑落云烟。

审题立意名千斛，举目分纲值万钱。

莫学浮华空泛语，寰球时政卷笺边。

藏头诗祝福华清学子

华文彩笔展锋芒，清格危行散异香。

学子耕耘三载苦，校风沉淀百年芳。

高魁远志弘英杰，考中雄才蔚栋梁。

大美青春凭亮剑，战场捷报庆家乡。

测试高考语文真题

南风六月拂黔阳，学子华清赶考忙。

小说剖分今俊杰，诗歌品味古贤良。

语基运脑留心久，写作挥毫泼墨香。

莫笑山花少人识，高秋与桂斗芬芳。

赞数学教研组组长魏巧慧老师

难遇人生智慧师，能将腐朽化神奇。

几何图像张张绘，函数方程步步推。

气度恢宏年少日，功夫培养幼童时。

华清学校藏龙虎，吟啸山河谱壮词。

洪江市双溪镇邱同学
为湖南科技大学录取

喜看双溪巾帼秀，伟人桑梓续华章。

当时初见幽兰笑，今日犹闻淡菊香。

志赴丹邱披月色，情飞紫阙沐霞光。

明朝宇内春开日，再驾青云报故乡。

湖南第一师范学院应届生唐晓红、
万佳慧应聘语文老师

佳人晓镜湿花红，秀外无双并慧中。

万水崎岖随雁阵，千山坎坷踏芳丛。

心萦怀化云间鹤，梦绕长沙月下松。

落笔端庄最贤雅，唐书宋帖认英雄。

华清高中首届"风华杯"诗词大赛

华清簧府有风骚，学子敲词费笔毫。

思驭白猿临石岫，情骑黄鹤落云霄。

春时燕乐殊潇洒，秋节清欢倍寂寥。

米酒浮诗三百首，光华月色映琼瑶。

华清高中四耆宿歌嵌其名姓循次为卢桃树
寻克柱戴修才李武智

栽培桃李秀篱墙，寻觅芝兰入故乡。

武智修才克承柱，文华树德定雕梁。

的卢驰骋辉天色，霹雳飞奔映日光。

戴月披星不辞苦，耕耘学府美名扬。

华清高中月考次欧阳永叔
礼部贡院阅进士就试韵

通渠水暖绿杨轻，蝶舞蜂飞逐落英。

昔日凿山艰苦曲，他年观海豫闲声。

笔头锦绣歌高士，心上文华颂贵卿。

勤读由来隆德望，谁人复识古贤精。

华清高中 2020 年高考大捷

华清煮酒会英雄，金榜题名喜气浓。

德厚恩师超蕙茝，志高学子过芙蓉。

马腾凤翥何方胜，虎踞龙盘此地崇。

桃李从来笑春景，芳菲繁盛祝东风。

聆听新高考培训讲座有感

高中一十六年前，夏月挥毫竞丽妍。

为取功名多奋作，肯弘事业少休眠。

搜求信息光明报，研判题文锦绣篇。

血汗齐流等闲看，摘星冲浪趁春天。

赠书予蒋琰示以藏头诗

蒋山品物冠神州，虎踞龙盘赞上游。

琰琰梅花坡上梦，盈盈灵谷寺中秋。

高人安隐时驯鹤，雅士流连每狎鸥。

魁首文华巾帼擅，词超薛李更风流。

赠书予蒋琪示以藏头诗

蒋蒋星辰辉浩宇，山川林海满春芳。

琪花幽洁移王母，瑶草清芬动玉皇。

一梦烟尘怀日月，半天风雨感沧桑。

流光溢彩金仙殿，奇绝兹游说狷狂。

赠书予匡梅凤示以藏头诗

匡壁清风化凛冬，晨曦破晓正迷蒙。

梅花探户描胭淡，竹叶敲窗浸墨浓。

凤阁恢宏来赋里，龙门锦绣入文中。

优余喉展钧天乐，桂殿婵娟伴舞从。

赠书予蒋淳兆示以藏头诗

蒋家子弟尽英才，豪气乘鹏接八垓。

淳曜抟风红月出，清明射日紫云来。

兆相瑞霭仙人聚，征候祥光圣哲回。

雄霸大王并玉宴，迎君直上九霄台。

赠蒋淳兆同学

有庆男儿赖兆民，修心养德至深淳。

天高地迥诗书梦，雨密风柔草木春。

将进酒兮歌赑屃，还温茶矣赋麒麟。

芳华正茂多勤奋，年少如花足自珍。

赠书予易梦琳示以藏头诗

易中足健踏前程，数载寒窗觅友声。

梦暖诏黄新湿字，天清衣白早题名。

琳琅色润初晗美，瑜瑾光明晚炼成。

飞向天宫凭奋翅，春华锦绣荡胸膺。

聆听杨洁老师励志演讲有感

西来杨洁颂青春，梦想齐天万事新。

自古立名崇本分，从来修德贵纯真。

英才陟顶承清贵，学霸登巅感素贫。

无惧前途风雨满，蓬蒿岂是少年人。

李进主任授课次杜子美秋兴八首其一韵

李氏英才蔚族林，进雄徽籍更脩森。

吟哦秋兴除寒霭，汩荡春思逐冷阴。

意象缠绵苏赋旨，情怀缱绻杜诗心。

辞章射彩华清曜，文秘峥嵘记柠砧。

人送蕨菜心有感恩因以赋诗

楚国佳肴数野薇，昔年漂荡恨相违。

丘陵滤种东风醒，坡地梳枝夜雨肥。

宇内连根高气节，寰中分叶长生机。

持筐采撷从朝暮，山色披霞笑晏归。

邵阳学院应届生叶鸿英老师试课书藏头诗

叶氏咏春名宇内，家规族训散幽香。

鸿飞万里穿天阙，鲲化千寻越海洋。

英俊每从文采丽，豪雄还自德行光。

良辰美景安江醉，烛照华清育栋梁。

火锅店同事聚餐

人世难逢开口笑，相知大可醉千回。

纤柔不必停羹碗，豪放何须置酒杯。

雅士交情推雅节，幽人论理惜幽才。

胸中块垒遮丘壑，数阕弦歌为我开。

校园篮球赛

华光洒落暖操场，赛满青春意跃扬。

敏捷传球才有独，轻飘扣板艺无双。

良师提点机谋秀，贵友切磋手法强。

旗鼓招摇推士气，翩翩风度少年郎。

校　园

华清学府镇江边，馥郁春芳竞笑妍。

誉满稻村怀楚国，名荣橘里化湘天。

雄才起笔恢宏赋，壮志成章锦绣篇。

更愿鲲鹏腾骘日，北溟揽月写云笺。

作文训练有感

提笔摛辞作妙文，华清学子力千军。

曹丕展纸无双业，苏轼题联第一勋。

李杜高名因振奋，欧韩隆誉赖精勤。

人生大道通罗马，悟邃诗书更奕群。

学生周测次欧阳永叔礼部贡院阅进士试韵

树曳西风暮色轻，祁东学府聚清英。

析题百面涂金色，落笔千言叩玉声。

福地从来生贵族，寒门自古出公卿。

读书万卷神明助，字句春温义理精。

校园扫地有感

洒扫庭除即净心，环居雅洁胜黄金。

逢秋灿灿陈皮圃，入夏菁菁阔叶林。

镇甸悦怀千草茂，桃园飨目百花深。

此中春色常年足，更问桃源何处寻？

咏华清三位优秀毕业生嵌其名字

哲人论剑坐高轩，曲水流长舞满园。

酒醉洁颜将醒梦，茶酣雅典已忘言。

仙人贵气熏黄菊，帝子香风染紫萱。

自古少年务腾跃，三更窗外响雷辕。

寻克柱老师六十五岁生日

华清学校厚人文，重道尊师卓秀群。

糕饼摆陈品甜腻，鲜花绽放散香芬。

缘寒备课多回见，夤夜教徒几度闻。

蜡炬春蚕难尽喻，心田数亩力耕耘。

阅长郡中学高三语文试卷

风流长郡楚天魁，雄峙星城日月开。

暮诵湘江添浩荡，晨吟岳麓倍崔嵬。

清明时代谁怜梦，鼎盛文章我爱才。

喜看华清花气茂，千枝万朵向阳栽。

语文组朱云华宁佐然二师授课
次杜少陵咏怀古迹其三韵

朱女才思出帝门，云山相缪毓幽村。

华英润雨清春晓，彩叶翻风沁夏昏。

宁日诵经然气脉，佳时唱梵展精魂。

还烦益友诗文佐，好效兰亭作简论。

向晓英严春玲程艳诸师祝福高考上线学子撰嵌名诗

晓旭曈曈照远程，黔阳英俊聚华清。

容无艳饰称严整，词有淳文号赤诚。

玉振秋天鸣朗朗，金声春日响玲玲。

向来卧虎藏龙地，好唱新科榜上名。

值晚班见我校师生精进学研相济有感

华清庠序学风浓，掀浪飞鱼化跃龙。

旧构雅园艺松柏，新培沃土植芙蓉。

千军冲刺翻湘水，万马奔腾过雪峰。

待试才华高考月，挥毫吐赋更从容。

组织学生研究高考真题

科场万变不离宗，论述难消文学浓。

旧法曾传闻上海，新模已继看山东。

贾生治国标全义，吴起行军示至忠。

惟楚有材君记取，文章还看满江红。

祝福华清高三学子金榜题名

骄阳六月暖黔城，学子莘莘赴远程。

出水芙蓉还婉婉，涵光瑜瑾更莹莹。

几年砥砺成英俊，数载辛勤作栋楹。

举日北溟鹏展翅，人才蔚盛看华清。

聆听杨镇华先生为新教师训勉有感·其一

先生训勉是天才，妙语连珠茉莉开。

气镇洪江同杲日，节崇怀化似惊雷。

识翻觉悟交豪士，心种菩提济苦孩。

瑞照华堂生异彩，杨家族裔占头魁。

聆听杨镇华先生为新教师训勉有感·其二

高瞻远瞩启华清，体物仁慈誉德名。

饮雪茹霜谋准则，栉风沐雨动征程。

就贤似得朱王意，慕圣还闻孔孟声。

更喜檀香焚刹宇，黔阳郡里佛光明。

北京李康老师德行赞

西昆晚景落春阳，游学师生首李康。

拾捡污尘移旧习，回收垃圾换新妆。

关怀大地崇行品，祈祝高天显德光。

太极拳中多有道，孔村茶里散清香。

己亥年古文班学生回复朋友圈

西昆村里遇张峰，福鼎当年学大雄。

论语数篇弘器宇，中庸几则壮襟胸。

我如不必悲文竭，子在何须哭路穷。

年少厉兵身手健，青云直上笑飞鸿。

悟读书化性示张峰

人生苦读意何如，要学贤明德润居。

乱世最难心鲠峭，清时首贵气和虚。

书山有路知非尽，艺海无涯业鲜除。

方正圆融分事理，康庄大道莫踟躇。

习古文近一载示郑博维

读书明理尚千年，建业封功有密传。

量大撑舟延后秀，心平旋马愧前贤。

为人处世多扬善，作赋题文少罚愆。

宇宙皆循因果律，穷通贫富寓心田。

太姥山顶读古文

辞章典故入吾心，感念恩师张晚林。

集注四书风范古，博综三哲语言深。

白云殿宇超千载，绿雪茶香值万金。

百代文华曦照晓，风流此地发清音。

同师资班游学福鼎市诸景点

山川爱我作豪游，烟月欣人不计酬。

养志苦追云上鹤，观心便学海中鸥。

梧桐细雨飘禅韵，银杏清风洗俗愁。

但有诗书颂灵性，白茶香梦复何求？

同事期末聚餐

人生何处不相逢，世味清时茶味浓。

聚散皆缘寻鹤影，浮沉亦爱觅萍踪。

热心犹觉怀炎夏，盛意何辞过冷冬。

前路无边唤知己，春雷滚滚壮襟胸。

赛事微才

藏头诗咏万载县平安建设

万众欢呼气象新，政崇法治四时春。

载歌载舞怀州牧，如火如荼感县民。

平典清澄服筹策，仁风浩荡赞经纶。

安居盛世当何有，奋发图强喜及辰。

藏头诗咏竹山县圣水湖景区

圣君扈侍覆殷商，庸国声名自古扬。

水榭玲珑辉日色，云台炜烨浴天光。

湖山万顷风敲竹，烟霭千层雨润樟。

美景延宾闻四海，今朝十堰庆嘉祥。

倪云林赞

倪家堂号祖锄经，派衍徽音子嗣荣。

云表祥光曾毓秀，江南淑气自钟灵。

林间紫竹千秋式，篱外黄花万代型。

赞誉非徒文赋绝，真书传道韫丹青。

藏头诗咏东莞市同沙生态公园

同仁雅会值良辰，水色天光烂漫春。

沙暖鸳鸯肥嫩藻，花柔蝴蝶瘦香莼。

生机蓬勃燃琼蕊，活力昂扬跃锦鳞。

态极风流誉天下，赋文胜地长精神。

藏头诗咏风雅齐鲁

文明千古传齐鲁，玉振金声孔孟言。

史录正邪匡将相，子裁儒墨济黎元。

书涵行楷王颜骨，诗咏风骚李杜魂。

画下中华真气象，春温四海壮乾坤。

咏中山莲文化

中山风雅颂香莲，韵毓孙文步圣贤。

鹤舞沙溪渔鼓劲，龙翔咸水凤歌鲜。

侨胞树德名千里，粤剧弘文重万年。

更喜大湾连港澳，逢春天地著新篇。

藏头诗咏安化县平口镇兴果村

兴至咏怀平口镇，小村今日焕新颜。

果为瑰宝名天下，溪作甘霖润世间。

醉赏白云蒸绿水，欣看紫气蔚青山。

美功劝进新时代，春染红旗奏凯还。